陶文鹏说宋诗

陶文鹏 著

中华书局

图书在版编目(CIP)数据

陶文鹏说宋诗/陶文鹏著. —北京:中华书局,2016.11
ISBN 978-7-101-10342-7

Ⅰ.陶… Ⅱ.陶… Ⅲ.宋诗-诗词欣赏 Ⅳ.I207.22

中国版本图书馆CIP数据核字(2014)第175919号

书　　名	陶文鹏说宋诗
著　　者	陶文鹏
责任编辑	刘淑丽
出版发行	中华书局
	(北京市丰台区太平桥西里38号　100073)
	http://www.zhbc.com.cn
	E-mail:zhbc@ zhbc.com.cn
印　　刷	北京瑞古冠中印刷厂
版　　次	2016年11月北京第1版
	2016年11月北京第1次印刷
规　　格	开本/787×1092毫米　1/32
	印张8⅞　插页2　字数150千字
印　　数	1-6000册
国际书号	ISBN 978-7-101-10342-7
定　　价	29.00元

目　录

以声音动态谐趣表现画境

序

钱志熙

读着陶文鹏老师的《陶文鹏说宋诗》,很自然地联想起白居易的《琵琶行》。一是文风之妙,就如白傅所形容的琵琶之声:"大弦嘈嘈如急雨,小弦切切如私语。嘈嘈切切错杂弹,大珠小珠落玉盘。"其中分明传出一种奇响来。像这样的有响亮的文章,别说在赏析文字中已经久未遇见;就是今人所写的纯文学散文中,又有几篇能响?古人论诗,常以响哑判高下。其实任何文字,都可以响哑论。但文艺批评的文章,能够将它写响的,今人中陶公之外,实不多见。二是评赏诗艺之妙,与白傅之演绎琵琶乐之妙,可谓异曲同工。在这样的京华盛暑之中,欣赏着这书中的一篇篇妙文,仿佛听到浔阳江头的一片琵琶声。这在我的阅读经历中,还是一种未曾有过的体验。

此书给读者的第一个突出的印象,是每一篇文字,都对作品的艺术境界和造境方式进行了精细入微的分析，以感性的体味与理性的分析再现了作品的美。作者像一位对景物作过无数次反复阅读、并且充满感情的导游，将读者带入作品的艺术境界中。这个时候，读者应该抱着完全信任、耐心的态度来倾听作者的讲述，就会更好地领略其抽丝剥茧般的鉴赏艺术。如王禹偁《村行》是一首名作，不少选本都有讲析。作者从情景关系的细致辨析出发，认为此诗"运用情景互映的造境方法：首联与尾联都是情景双绘，情中有景，或景中有情；中间两联全是写景，情融化于景中"。此后即循着这一指引，将诗中各联的造境方式都作了精到的分析。最后总结其造境特点说："从以上分析不难看出，《村行》这首七律诗尽管中间两联都是写景，但所写景物和景中情思以及表现方法都有变化：颔联写山，侧重写声音与意态，山峰给予读者一种静穆、凝重之美，情思深沉，略显凄寂。而颈联写山村草木，却从色彩着笔，兼写香味，画面意境明丽开阔，诗人的游兴洋溢于字里行间，达到了极致。棠梨叶落与荞麦花开，又体现出物候的转化、自然的法则、万类有节奏的生命运动。此外，颔联富于深山静趣，颈联饶有乡野气息；颔联用白描、夸张和拟人化，颈联用色彩映照和比喻。"这是一种精读细品的艺术，所需要的是作者充满灵性的诗心。这也可以说是作者运用鉴赏的方法，对诗中的作品的意境，一一进行重新创造。从全书的倾向来看，作者尤其醉心于宋诗中具有壮美风格的作品，每当谈论这类作品时，我们会看到一种笔飞墨舞的景致。如其对苏轼《有美堂暴雨》一诗的赏析，称其首联起笔"如大海之起澜涛，似泰山之腾云气，尤以飞动的气势见长"。分析次联云："这天外黑风把浩茫大海吹得涛翻浪涌，像人一样直立起来。这一句诗的意象、气势、境界何等雄奇壮伟！具有强大的视觉冲击力和心灵震撼力。"这些文字，都可视为一种艺术上的再创造，本身就是散文诗的语言。但作者并非脱离作品，作漫无边际的发挥与再想象，而是紧扣作品内容，以艺术分析的方法再造一种艺术境界。中国古代的诗论，其主体部分是以形象思维的方式展开的，有不少文论妙品，最典型的如杜甫的《戏为六绝句》、司空图《二十四诗品》等，本身就是艺术品。本书也是这样，其中的每一篇，都是优美的散文，或者是散文诗。在这方面可以说是继承古代批评传统，值得今人学习。

自然，在这个具有典范性的鉴赏集中，作者在充分发挥诗意想象、再现甚至再造艺术境界的同时，更重视揭示诗歌艺术的某些法则。在各种艺术法则中，作者最重视的是诗人想象力与构思的新奇对于诗歌艺术的决定性作用。书中许多作品的分析，就展示了作者的这一艺术思想。如对苏轼的作品的鉴赏，对于曾公亮的《宿甘露僧舍》的鉴赏，都强调这一点。历来说宋诗，多重其理性之美、老成之境，但宋诗的最大成功，仍在于想象力丰富与无数新奇境界的创造上。在艺术的鲜活度上，比之唐诗毫不逊色。只是宋人生于唐后，在凝炼诗意、创造境界方面，更重在生新与开辟。这一点，在宋诗的一大批代表性作品中表现很突出。苏轼和黄庭坚的诗尤其生新鲜活。一说到宋诗就要举议论为诗、文字为诗、哲理为诗的论者，只要认真读一下陶先生本书的分析，就会放弃那种简单的概括，对宋诗在艺术形象创造上的成就有一个全新的认识。如果说唐诗的艺术创造是常，宋诗则重于反常，但反常而能合道，与唐诗体现了同样的创造规律，是宋诗对唐诗艺术的一个推进。没有这样的推进，就不能成为能与唐诗相媲美的有宋一代诗风。当然，宋诗的艺术创造，更带有法则化，即其中有许多小结裹。对这些小结裹进行抽绎提示，更是本书的一个用力之点。所以，本书是诗歌鉴赏艺术的一个范本。读者从中会获得很多具体的、有效的鉴赏方法，即所谓"美典"的欣赏方法。

作为一种行家的、积学的鉴赏，除了上面所说自身的精到的艺术分析之外，还要吸取历来鉴赏家的成果，甚至要回顾名家、名篇的被鉴赏的历史。这一点也是一篇成熟的、具有学术价值的鉴赏文字所需要的。陶公的鉴赏文字，在这方面最具示范性。陶老师并非只凭其诗人的特长精鉴妙赏，而是发挥其积学之功，在赏析相关的作家、作品时，大量地融入前贤时秀的鉴赏成果。比如他分析苏轼《八月七日初入赣，过惶恐滩》一诗中的"山忆喜欢劳远梦，地名惶恐泣孤臣"一联时，有感于前人泛泛之说，有意识地寻找程千帆先生的精到的解读，并在程氏解读的基础上做出进一步的发挥。又如评赏此诗的"便合与官充水手，此生何止略知津"一联时，及时地援引了吴汝纶"纵逸不羁，如见其人"之评。吴氏此评之妙，真如画龙点睛，深化了我们对苏轼的人格特点与艺术个性的理解。又如同是苏轼的《行琼儋间，肩舆坐睡，梦中得句……》，在分析开首四句"四州环一岛，百洞蟠其中。我行西北隅，如度月半弓"时说："从写景角度看，这一段体现了苏轼既善于把握自然环境的总体形势，从大处落墨；又擅长捕捉事物的特征，作生动逼真的刻划。宋人胡仔说：'大率东坡每题咏景物，于长篇中只篇首四句，便能写尽，语仍快健。'就引了此诗首四句为例。"用胡氏精到的概括，更好地展开了作者自己的观点，使之由点及面，揭示出苏轼诗歌的一种写作方法。全书像这样的征引到处可见。读者若能深刻体会陶先生独具只眼的选择，把握其引古以证、打通古今说诗人心灵的精神与方法，对于平时如何提高自己的鉴赏能力，形成具有很高学术品格的鉴赏之学，是能得到很多启发的。

本书的另一重要成就，是寓陶氏一家的诗史纵横之论于各篇鉴赏文字之中。这其中有一些是属于艺术概论性质的，如："古与今、中与外、传统与现代，在杰出诗人水晶般的诗心中，都是相通相映的。""一个繁荣而充满矛盾的时代的精神，总能在被称为时代歌手的伟大诗人的作品中表现出来，有时是直接的正面的抒写，有时则是通过对自然风光景物的描绘曲折反射。"有一些是概括唐宋诗史整体精神的，如："宋代士大夫文人普遍具有历史的使命感，他们无论是从政或是从事学术研究、文艺创作，都能殚精竭虑要有建树、有成就，实现自我的生命价值，即使遭受打击和挫折，也绝不轻易放弃。因此，宋代士人在经世济时方面颇能建功立业，在文化艺术方面也取得了空前的巨大成就，这是宋代时代精神的一个重要特点。我们在苏轼借李白而自抒怀抱的这两句诗中也有了强烈的感受。"有的是对诗人艺术方法的概括及艺术源流的揭示："中唐诗论家皎然在探讨诗歌如何表现自然美时,提出'状飞动之趣'(《诗式》),使诗歌'气腾势飞'(《诗议》)。苏轼这首七绝,笔飞墨舞,奇景壮观连续变换,确有飞腾气势与飞动趣致,正是他'作诗火急追亡逋'的诗美追求及其'系风捕影'的高明手段的成功实践。""苏轼之诗各体皆工,但成就最突出的是七言古诗和五言古诗。他的七言古诗在学李白、杜甫、韩愈的基础上匠心独运,恣意挥洒,波澜浩大,变化不测,风格清雄,机趣横生。五古稍逊于七古,多作于晚年,倾心于陶渊明、柳宗元那种外枯中膏、似淡实美、质而实绮、臞而实腴的格调,但也有不少风格各异的佳篇,如《送郑户曹》《栖贤三峡桥》《泛颍》等。"还有的是对具相似点的作品的比较。例如他品鉴孔武仲的《乘风过洞庭》,就将此诗同唐代王湾的《次北固山下》诗、南宋张孝祥的《念奴娇·过洞庭》词,以及明代汤显祖《天竺中秋》的"月中空有轴帘声"诗句作比较分析;又指出孔氏的"卧听银潢泻月声"之句,学习、借鉴了杜甫的"河汉声西流"和李贺的"银浦流云学水声",却又有创新:"杜甫的一句只描写银河西流的水声,李贺的两句写了天河的转动、流星与流云有声,孔武仲之句却同时写出银河与月亮的光、色与流泻之声,并以此暗示船行水响。视听兼写,真幻结合,绘声绘色,堪称青出于蓝而胜于蓝。"

文章结尾，又捎带说："现代著名诗人何其芳学习古人以通感手法表现幻听的诗，也写出了'你听见，金色的星陨在林间吗'（《圆月夜》）的佳句。"可见，陶老师尽可能避免作孤立、单一的鉴赏，而将其鉴赏建立在长期研究唐宋诗史与诗歌艺术的学术积累上。所以其精彩的艺术论、诗论及诗史观点随处可见。

古典文学的研究，近三十多年来，取得很大的进展。但回顾这三十年学科发展进程，也不无值得反思之处。新时期开端，研究者们鉴于前面一个时期阶级分析、庸俗社会学方法对古典文学艺术的忽视，普遍开始转向对古代作家与作品的艺术特色、意境及形象的研究。稍后一些，美学热也进入古典文学研究领域。但到了更后一些的时候，在文化学、史学、文献学诸种研究方面纷纷开始被强调的同时，令人感到奇怪的是，本应是古典文学研究的本位的、对于古典作家与作品艺术的研究，却稍稍地退出主流。至于赏识、鉴赏二道，原本被视为高雅、精微之事，后来却颇有被弃之为敝屣之意。这种情况，开始的时候，也许是一种学术的选择，即实证精神的一种选择。久而久之，谈诗论艺的风气逐渐淡薄，甚至被视为不入时流之举。而随之而来的，是本学科的从业者对于古典艺术的陌生与隔膜。近年兴起的文体研究热，对此似乎有所反思。但真正触及古典文学艺术世界的研究，也并不多。至于本学科从业者对古典艺术的鉴赏与批评水平的下降，更是无庸讳言的事实。记得叶嘉莹先生曾在一些文章中多次说到，要培养一批真正懂得古典诗词艺术的"说诗人"，叶先生自己就是一直执着于解诗、说诗。陶老师擅长诗词创作，也熟知现当代新诗艺术，是当今古典文学研究界并不多见的一位解诗、说诗的高手。与叶先生一样，他一直将对诗词艺术的研究放在第一位。多年来，他运用自己的行家特长与诗人气质，融以积学贮宝之功，坚持对古典诗歌的名家、名作进行鉴赏与批评，并形成他自己的鉴赏方法。从学术上看，这正是人弃我取，表现了一种容易被时人忽略的独立性。陶公熟谙唐宋诗史，对其中在艺术风格上具有鲜明个性、艺术形象上具有独特创造的诗人（如孟浩然、李白、杜甫、李贺、苏轼、黄庭坚等大家）的诗歌，他做出不同于别家的、独具只眼的评论与分析。更可贵的是，一些一般的研究者不太注意的诗人，如宋代的石延年、胡宿、蔡襄、晁补之、晁冲之、华岳、洪咨夔等，陶老师也都著有专论，发掘他们的艺术创造与诗学思想。这决非时下一些研究者的避熟求生、弃大寻小，而是因为他对诸大家、名家已有成竹在胸，从全面把握宋诗的意图出发的。这也值得今天的宋诗研究者学习、借鉴。

相信本书的出版，不但能使一般的古典文学爱好者受惠，对于专业研究者也会有一种启发。笔者翘首以待之！

甲午年夏于北京大学

情景互映　意境清远
——王禹偁《村行》

马穿山径菊初黄，信马悠悠野兴长。

万壑有声含晚籁，数峰无语立斜阳。

棠梨叶落胭脂色，荞麦花开白雪香。

何事吟余忽惆怅？村桥原树似吾乡！

这首七律题为《村行》，作者王禹偁（954—1001），字元之，济州巨野（今山东巨野）人。北宋初期著名文学家，官至翰林学士、知制诰。为人刚直敢言，关切国事民瘼，屡上书针砭时弊，为当政者不满，前后三次被贬黜。其诗文都有盛名。为文师韩愈，创作成就在宋初倡导古文的作家中尤为突出；诗宗白居易，是宋初白体诗派中最杰出的诗人。太宗淳化二年（991），王禹偁因上疏为被诬告的徐铉雪诬而获罪，罢知制诰职，贬为商州（今陕西商县）团练副使。这首诗是次年秋天在商州作的。

《宋史》本传说王禹偁"世为农家"，他对农村有深厚的感情。这首《村行》描绘北方山村秋日黄昏的美景，洋溢着诗人喜爱乡村、游赏山野的浓郁兴味，也流露出仕途失意的苦闷与思念故乡的惆怅，是一首情思丰富、意境清远的佳篇。

王禹偁在这首诗中运用情景互映的造境方法：首联与尾联都是情景双绘，情中有景，或景中有情；中间两联全是写景，情融化于景中。首联中的信马，是随马任意行走。野兴，野游的兴致。首句写景，次句抒情，是情景双绘。诗人写他骑马穿过山间小径，但见秋菊初黄，赏心悦目。于是他信马由缰，缓缓而行，悠然自得，游兴更浓。"马穿""信马"描绘诗人骑马山行的行为动作，表明全篇都是在动态中写景。"菊初黄""野兴长"摹状金菊并点出时令和心情。叠字词"悠悠"活画出诗人安闲自在的神态，也使诗一开篇就荡漾着一种舒缓、谐美的音调节奏。山径蜿蜒幽长，夹道金菊耀眼，使人有野兴；人有野兴，才听凭马儿随意行走。可见这联诗中一词一字，都相互照应，密切联系，意脉贯通。诗人连用两个"马"字，不避重复，是为了凸显通篇写的都是他在马背上的见闻感受；而由"马穿"到"信马"，上下句意连接紧密，自然流畅。

　　诗人游兴很浓，只因贪看山野景色，所以接下来的颔联就写山。壑（hè），山沟。万壑，夸张形容山壑之多。籁（lài），天籁，自然界的声响。这里的"晚籁"，指傍晚风吹孔穴发出的声音。诗人骑马漫游，不觉已到了傍晚时分。众多的山谷中，风吹空穴发出各种动人的声响，在他的耳际和心头回荡；几座峭拔的山峰，沐浴着夕阳斜晖静静伫立。诗人写山，从深幽的山谷写到高峻的山峰，先写耳中所闻，再写眼中所见和心中所感。"含"字表明晚籁——大自然的声响全部包含并深藏在幽寂、绵长的山沟里。"晚籁"点出时间的进展，引出下句的"斜阳"。万壑有声，数峰无语，以闹衬寂，意趣盎然。热爱大自然的诗人将山峰拟人化，它们虽默默无言，却含情脉脉。钱锺书先生评得妙极："山峰本来是不能语而'无语'的，王禹偁说它们'无语'或如龚自珍《己亥杂诗》说'送我摇鞭竟东去，此山不语看中原'，并不违反事实；但是同时也仿佛表示它们原先能语、有语、欲语而此刻忽然'无语'。"（《宋诗选注》，人民文学出版社，1979，9页）唐代天才诗人李白《独坐敬亭山》诗云："众鸟高飞尽，孤云独去闲。相看两不厌，只有敬亭山。"表现他和敬亭山默默相看，心会神合。王禹偁这联诗写他既凝神聆听山的心声，又与山峰含情相看，像李白一样，表现他在政治失意后从山水中寻求精神慰藉，努力与大自然心神契合，融为一体。程千帆先生则从真幻结合的角度分析这联诗的表现艺术，他说："壑本无声，风过则闻之有声，这是真；峰不能语，静立却反似能语而不语，这是幻。闻之真与见之幻交织，从明丽宁静中显示出凄清，同时也显示出诗人的孤独。姜夔《点绛唇》上阕云：'燕雁无心，太湖西畔随云去。数峰清苦，商略黄昏雨'。两篇所写天气有晴雨之异，峰峦有语默之殊，而各极其妙。"（《宋诗精选》，江苏古籍出版社，1992，6页）见解别有会心，给读者以思想与艺术的启迪。总之，这一联诗感受独到，意象新奇，情景契合，动静映衬，深寓人与自然相知相融的妙理；对仗精切，字字铢两悉称，又能以"有声"与"无语"构成反对，避免了上下句意重复。这是全诗最精彩的一联。尤其是"数峰无语立斜阳"，堪称宋诗中写景的精警之句。

诗的前两联写了山行，后两联即写山村。颈联写田野上的草木、庄稼。棠梨，又叫白棠、杜梨，一种落叶乔木，果实似梨而小，味酸甜可食。白雪，形容荞麦花色白

清·顾峄《秋山行旅图》

如雪。诗人看见山村的棠梨已经成熟，果实累累，秋霜侵染过的叶子红艳如胭脂，正片片飘落；而此时荞麦花正在盛开，一眼望去，宛若皑皑白雪覆盖田野，在微风中散播出阵阵清香，预示麦子的丰收。红胭脂与白雪花对比映衬，色彩绚丽，还有香味。山村风物之美好，使诗人油然陶醉。唐代大诗人白居易七绝《荔枝楼对酒》中，有"荔枝新熟鸡冠色，烧酒初开琥珀香"两句，侧重着色，兼写香味；《村行》的这一联明显化用了白诗，其句法与比喻方式一样，可见王禹偁对白居易诗多么喜爱与熟悉。但细加比较，王诗的意象更自然优美，意境也更阔大，而那融注在景物中的情思韵味与乡土气息，亦胜于白诗。从对仗来看，二诗对偶皆工，但白诗"新熟"与"初开"相对，有诗意重复与"合掌"的瑕疵，明显不及王诗的一落一开，相反相成。

从以上分析不难看出，《村行》这首七律诗尽管中间两联都是写景，但所写景物和景中情思以及表现方法都有变化：颔联写山，侧重写声音与意态，山峰给予读者一种静穆、凝重之美，情思深沉，略显凄寂。而颈联写山村草木，却从色彩着笔，兼写香味，画面意境明丽开阔，诗人的游兴洋溢于字里行间，达到了极致。棠梨叶落与荞麦花开，又体现出物候的转化、自然的法则、万类有节奏的生命运动。此外，颔联富于深山静趣，颈联饶有乡野气息；颔联用白描、夸张和拟人化，颈联用色彩映照和比喻。上文引程千帆先生说颔联有"闻之真与见之幻交织"。其实，颈联的"叶落胭脂色"与"花开白雪香"，既是本体与喻体的并置，也是真景与幻象的结合。

王禹偁谪居商州，寄情山水，聊以慰藉。然而，郁积于其内心的忧愤、孤寂是很难全部排遣的。在他欣喜地观赏、吟咏山村美景之际，忽然触动了思乡之情，于是笔锋陡然一转，写出了诗的尾联。吟余，作诗之后。惆怅，失意、感伤。原树，原野上的树木。这两句说：不知是什么缘故，我在吟咏之余，心中突然涌起阵阵失意感伤的情绪，哦，原来眼前这原野、树木、小桥、村庄，都同我的故乡太相似了。诗人采用一问一答的表现方法，先以问句叙事抒情，并以"惆怅"二字引出下句。下句以描写与故乡相似的山村景物作答收结。这一转折，真切地表现了诗人微妙的心理变化，又使全篇波澜突起，诗情起伏不平。结句的村景中，融入了诗人对故乡的怀念，异乡飘泊的孤苦，身在迁谪中不能归家的愁情。可谓以景结情，含蓄深婉，韵味无穷。

谪居商州是王禹偁政治生涯中的第一次挫折，却是他诗歌创作成就最高的时期。他不仅发扬白居易的现实主义诗歌传统，写了不少揭露社会黑暗、同情人民疾苦的篇章，而且有意师法白居易，创作出许多吟咏山水、抒写谪居生涯的近体律绝诗。例如其七绝组诗《畲田调》表现山区农民的劳动生活，运用口语和民歌形式，清新活泼，乡土味浓；而其七律如《寒食》《清明日独酌》和这首《村行》，写得清丽流畅，颇近白诗风格，却避免了白诗中的浅俗之病，显出奇警、深挚的新特色。正如日本学者吉川幸次郎所评："这里的叙景虽然看似平凡，却含有前人所未言或未能言的成分。如'数峰无语立斜阳'的'立'字，把自然拟人化，早已显出了以后宋诗的又一个特色。又如对荞麦花的兴趣，在以前的诗里固然也出现过，但在感觉上显得新颖而有所不同。最后一联的'惆怅'意象，也与过去诗人的用法有别。要是从前，诗人是感于异乡的风景与故乡不同而'惆怅'，但在这首诗里，尽管也为了怀念故乡而'惆怅'，却藉着异乡风景'似吾乡'，而流露了不妨把异乡当故乡的阔达心境。"（郑清茂译《宋诗概说》，台北联经出版事业公司，1977，74页）

想象新奇　气魄雄伟

——曾公亮《宿甘露僧舍》

枕中云气千峰近，床底松声万壑哀。

要看银山拍天浪，开窗放入大江来。

这首七言绝句题为《宿甘露僧舍》。作者曾公亮（999—1078），字明仲，晋江（今福建泉州）人；天圣二年（1024）进士，累官至同中书门下平章事；熙宁中，以太傅致仕；为宰辅十五年，历三朝，号称方厚庄重、深沉周密。其所作诗文多散佚，今仅存诗四首。"甘露僧舍"即甘露寺，在江苏镇江北固山后峰；相传始建于三国东吴甘露元年（265），唐文宗大和年间扩建，北宋祥符年间移建于山上。此寺俯临长江，形势险峻，风景绝佳，为著名游览胜地。历代诗人骚客在此留下了许多歌咏的篇章。其中，曾公亮这首七绝，堪称戛戛独造的杰作。

此诗构思巧妙，想象新奇，境界壮阔，震撼人心。前两句写诗人夜宿甘露寺的见闻和感受。半夜里，他感觉枕头凉沁沁的，睁眼一看，满屋子云雾缭绕，水气迷蒙。此时，又听得床底下松涛澎湃，震耳欲聋。这云气，这松声，逐渐将他带进了一个奇幻的世界；好像千座山峰近在眼前，万条深壑中发出悲哀的鸣声。"枕中云气"与"床底松声"，实写他眼中亲见、耳中亲闻的视象和听象；"千峰近"与"万壑哀"，是由前者引发出的奇想幻觉。凡是到过镇江的人都知道，北固山只是大江边一座孤立的山，并不算高大；它的远近也有一些山岭，但并没有"千峰""万壑"。诗人运用大胆的艺术夸张，极写他同大自然的相亲相近。视觉和听觉的映衬，实景与虚景、真境与幻境的结合，加上主观感觉情思的融入，营造出一幅诗意浓郁的图画，使读者也恍若身入其中，目眩神迷，惊心动魄。

艺术想象力是诗人必须具备的才能，有了大胆、新奇、瑰丽、丰富的想象力，诗人才能够创造出超越现实生活局限的高妙意境。古希腊作家朗加纳斯在《论崇高》中推崇诗的崇高美，他认为："诗的形象以使人惊心动魄为目的。"（《文艺理论译丛》1958年第2辑，人民文学出版社）意大利文艺复兴时期文论家马佐尼在《神曲的辩护》

中说："诗依靠想象力，它就要由虚构的和想象的东西来组成。"（《世界文学》1961年8月号）中国现代大诗人艾青在《诗论》中指出："有了联想与想象，诗才不致窒死在狭窄的空间与局促的时间里。"这三位诗论家对于诗人依靠想象力虚构出使人惊心动魄的形象并突破现实时空的局限，发表了精彩的见解。笔者感到，这些妙论好像是对曾公亮这首绝句的高度赞赏。

诗人飞腾想象与幻想的灵翼，在诗的前两句已展现出真幻交织、惝恍高远的境界，后两句要想超越就非常困难了。然而，这位当了三朝宰辅的政治家诗人竟有非凡的艺术想象力，居然写出了远胜前半篇的后两句。他不直写清晨起床开窗望江，他知道如此如实描写平直呆板，诗很难飞跃到更高之境。笔者猜测，他可能想到了唐人王之涣的千古名篇《登鹳雀楼》，想到了它的后两句"欲穷千里目，更上一层楼"。他要创造性地学习这种写法。曾诗的第三句"要看银山拍天浪"，句法与"欲穷千里目"十分相似，意思是：要看这好像银山拍天的大江巨浪。唐代李吉甫编《元和郡县图志》载："北固山在县北一里，下临长江，其势险固，因以为名……江今阔一十八里，春秋朔望有奔涛。"北宋时代大概还是江面广阔，春秋朔望有狂涛奔涌的壮观。所以曾氏这句诗所写的景象是有根据的。但诗人驰骋想象，运用比喻和夸张，以"银山拍天"四字形容大江巨浪，就比一般说"白浪滔天"更形象，更有光彩，动感与力度也更强。

诗的第三句写得瑰丽奔腾，但还只是铺垫，更新鲜奇妙的是结句。本来应是诗人推开窗子向外观看大江，诗人却反过来说"开窗放入大江来"。"放入""来"三字平中出奇，于是浩浩大江化作了一条有灵性、有情意的巨龙，它想同诗人亲近，诗人就开窗把它放进来了。这一匪夷所思的想象，写活了扬子江浩荡奔腾的气势，也写活了诗人

宋·夏圭《长江万里图》

拥抱大江的豪情胜概，并使读者感受到人与大自然竟能如此相知相契。诗句自然如话，毫不做作，却想前人所未想，道前人所未道，给予读者一种意想不到的新奇美感。正如当代诗论家孙绍振先生论绝句结构所说，"以更广阔的空间更高的精神境界超越前两句"（《美的结构》，人民文学出版社，1988，270页）。诗人营造出有纵深感、立体感的艺术结构，创造了一个雄奇壮美的独特诗境。

近代陈衍《宋诗精华录》卷一选录了这首七绝，并评论说："东坡《南堂》绝句之'挂起西窗浪接天'似尚当弟畜。"的确，"开窗放入大江来"比苏轼的诗句更富于

想象，也更显出情感、动态与气势。著名学者程千帆先生将"开窗放入大江来"同谢朓的"窗中列远岫"（《郡内高斋闲坐答吕法曹》）、杜甫的"窗含西岭千秋雪"（《绝句》），以及上文所引东坡句并列，指出这些诗句写窗中所见之山，或写窗中所见之水，"虽动静不同，但都是通过一窗，内外通流，小中见大，使读者由窗中的小空间进入窗外的大空间，瞭望的角度随时不同，眼中所见也就跟着发生变化，这样，景物就无限地增多，读者所能享受的美也就无限地丰富了"（《宋诗精选》，江苏古籍出版社，1992，25-26页）。程先生由此提炼出古典诗歌写景的一种表现方法，眼光明慧。程老还指出："至于曾诗独写人要看江，所以开窗，将它放入，与谢、杜、苏只是将窗中之景作为一个偶然入目的客观存在，其意趣又自有深浅。"（同上）肯定曾诗表现手法独到，诗的意趣更深，其见解极精切。

曾公亮这首七绝，在宋代就已广受称誉，脍炙人口。南宋诗人周紫芝的七律《凌歊晚眺》颔联云："倚仗独看飞鸟去，开窗忽拥大江来。"对句直接化用曾诗警句，仅将"放入"换为"忽拥"，可见曾诗的影响。

在宋代诗坛上，曾公亮并非杰出诗人，但他凭着这一首《宿甘露僧舍》，就在中国古代诗史上留下了他的名字。

状景如画　意新语工
——梅尧臣《鲁山山行》

北宋仁宗康定元年（1040），杰出诗人梅尧臣（1002—1060）任河南襄城县令时写了一首《鲁山山行》，诗云：

> 适与野情惬，千山高复低。
>
> 好峰随处改，幽径独行迷。
>
> 霜落熊升树，林空鹿饮溪。
>
> 人家在何许？云外一声鸡。

梅尧臣终生仕途失意，沉沦下僚，故专力于诗歌创作。他关心现实，写了不少抨击时弊、同情民瘼的诗。他善于从日常生活中取材，为宋诗开辟了题材平凡化、生活化的新走向；他钟情于大自然，每到一地，都喜登山临水，寻幽探奇，发为吟咏。《鲁山山行》这首五律，立意新

梅尧臣像

颖，写景生动，曲尽山行中的情趣，是梅诗的山水名篇，历代传诵。

鲁山，在河南鲁山县，因山而名，山在县城东北十八里，接近襄城县边境。这首诗应是梅尧臣在公事之余漫游鲁山之作。诗的首联，适，恰。野情，喜爱山野风光的情趣。惬，惬意，称心合意。这两句说：鲁山的千山万岭高低起伏，美妙多姿，恰好同我爱好山野的情趣相契合。此诗首联就显示出宋诗有别于唐诗的艺术特色。唐诗重在营造情景交融、空灵蕴藉的意境，其山水诗一般先景后情，或通篇写景，情融景中。而梅诗一落笔就抒情议论，揭示大自然与其情趣的融合，首句即有意理。按照诗意的次序，应当是先有山行所见"千山高复低"景象，才产生"适与野情惬"的感受，诗人为了突出他的爱山情趣与哲理的感悟，运用倒卷笔法，先写所感，再写所见。首联的平仄格式，应是"仄仄平平仄，平平仄仄平"，此诗首联却是"仄仄仄平仄，平平平仄平"，语言平淡质朴，音节却拗崛劲峭，有助于表现"野情"与山之高低起伏。

诗的颔联紧承"千山"句，继续抒写诗人在山行中的所见所感。改，变换。幽径，清静的山间小路。这一联说：我在山中行进，随时改变看山的角度，山峰也随着移步换形，不断变幻出美妙的姿态。我独自沿着幽僻无人的小路走进深山，被山中美景深深迷醉，也一次次因为迷路而茫然。"好峰随处改"仅五个字，就表现出鲁山群峰重峦的千姿百态、变化无穷的美。其中，"好"字表达诗人对山峰的欣赏与赞美。随处改，既显示诗人目不暇接地看山的欣喜神情，也令人感到山峰的多情：为了让游人充分领略它的美，它忽高忽低，忽聚忽散，时近时远，时藏时露。下句集中写山行的诗人之"迷"。这个"迷"字，包含了迷惑、迷乱、迷惘、迷醉，它是高低起伏的群山引起的，更是幽深山径与诗人独行无伴引起的。"幽""独""迷"三字摹状准确，紧密衔接，字字精警，可见诗人字句烹炼的功力。这一联上句侧重写山，下句聚焦于人，上下相通相融，正是首句"适与野情惬"的具体展现。元代方回《瀛奎律髓》卷四评此联"尤幽而有味"，是深有心得之论。

确实，此联诗所蕴含的哲理，尤耐人品味。景祐元年（1034），梅尧臣的挚友、北宋文坛领袖欧阳修写了一首五绝《远山》："山色无远近，看山终日行。峰峦随处改，行客不知名。"显然，梅诗借鉴了欧诗。"好峰随处改"句，更直接化用欧诗的第三句。许总先生指出，欧、梅这两句诗都蕴含哲理，并且"共同导源"了苏轼《题西林壁》的"横看成岭侧成峰，远近高低各不同"（《宋诗史》，重庆出版社，1992，190页），确有见地。但许先生并未具体阐释梅尧臣这联诗究竟蕴含什么哲理。在我看来，这两句诗启迪人们：只要善于多方位多角度地细心观察，就不难发现大自然乃至社会生活中变态无穷的美；人们在山重水复中或坎坷不平的人生旅途上幽径独行，既可能因发现美而心醉神迷，也会产生前面无路的迷惘困惑。清代诗论家沈德潜说："诗不能离理，然贵有理趣，不贵下理语。"(《清诗别裁·凡例》)他又在《说诗晬语》卷下强调，议论说理须带情韵以行，才有理趣。何谓"趣"？清人史震林说："诗文之道有四：理、事、情、景而已。理有理趣，事有事趣，情有情趣，景有景趣；趣者，生气与灵机也。"(《华阳散稿·序》)梅尧臣这联诗不用理语，其哲理蕴含于具体生动的写景叙事中，并以充满情韵的语言表达，摒弃了枯燥乏味的理障，而饶有生气与灵机的理趣。

我们还可以从炼句和对仗的角度揭示这联诗的精妙。律诗中两联对仗要求工切匀称，但一味追求精切，而不管诗意时空的拓展与转换，也容易造成上下两句意思相同或相近，并显露出人工雕琢的痕迹。例如北宋诗人王安石的"含风鸭绿鳞鳞起，弄日鹅黄袅袅垂"，竟精心营造出词的字面义、借对义、字形、字音等"多重工对"，令人叹为观止！方回在评析梅尧臣这首诗时，就顺带批评王安石的律诗"苦于对偶太精而不洒脱"。南宋葛立方《韵语阳秋》卷一指出："律诗中间两联，两句意甚远，而中实潜贯者，最为高作。"对联两句的意思隔离遥远，只有内在的联通，使人读上句时很难想到下句如此接出，从而引起一种出其不意的生新惊奇感，如苏轼的"身行万里半天下，僧卧一庵初白头"，黄庭坚的"万里书来儿女瘦，十月山行冰雪深",已成了宋人诗话中津津乐道的"句意皆远"的对仗范例。梅诗这一联,"好峰"与"幽径",对得工稳,诗意潜连;"随意改"与"独行迷",句意相隔较远,就使读者产生新奇感。从句法看,上句五字一意,语调流畅;下句五字三顿,三层意蕴,竟然组成了自然浑整的对仗,可谓天成妙笔!

　　颈联描写深山树林中的动景,以动显静。与前面"千山高复低""好峰随处改"粗笔勾勒相比较,这一联写景工细生动。这两句说:深秋霜降,木叶尽脱,林中空旷,使得山行的诗人能够看见一头黑熊想要爬上树,几只小鹿在清溪旁饮水。范宁、华岩的《宋辽金诗选注》注释上句说:"并非一定是熊爬到了树上,而是从远处看,熊处于树端或树干的位置。杜甫《北征》诗说:'我行已水滨,我仆犹木末。'是写从山下仰观山上时的情景,可以参看。"(北京出版社,1988,52-53页)有理有据,可备一说。但我认为,梅诗中所写并不一定是"从山下仰观山上","熊处于树端或树干"是静态而非动态;而梅诗明明用了"升"字来摹写熊的动态。熊是不会爬树的,但我们想象这个胖乎乎的家伙如人直立,前爪扒树,竭力要爬上去的动态,比起见它像是"处于树端或树干"岂不更生动有趣？夏天，山林茂密，遮断视线，"熊升树"与"鹿饮溪"不为人所见，因此诗人着意展示"霜落""林空"与"熊升树""鹿饮溪"的因果关系，乃是为了表现在秋天这一特定时空中他亲眼所见，让人倍感真实可信。熊以爬树为戏，可见其天真烂漫，悠闲暇适；胆小的鹿，聚在溪边饮水嬉戏，更显出山林的宁静和平。真是诗意浓郁，野趣盎然！

朱东润先生在《梅尧臣传》中写道："陆游《感旧》诗首有'霜郊熊扑树，雪路马蒙毡'一联，正是从尧臣脱化的。细按之，梅诗言'霜落'，又言'熊升树'，是两个境界，由于霜落一望无际，而熊升树远瞩，后一境界是由前一境界而来，层次井然。陆游'霜郊熊扑树'只是一个境界。倘使仅就这一联而论，梅诗是胜过陆诗的。"（《梅尧臣传》，中华书局，1979，72—73页）朱先生揭示梅诗比陆诗多一层境界，赏析精到。

诗的尾联，何许，何处。云外，极言其高远。梅诗尾联化用了晚唐诗人杜牧七绝《山行》的第二句，但不直说"白云深处有人家"，而用一问一答，含蓄委曲地表现。上句是设问，意思是：这样清静幽深的山林中，不知有没有人家？如果有，在哪里呢？这一问，问出了他对于诗意地栖居于山中的人家无限羡慕与神往之情。下句是答，却只说云外传来一声鸡鸣，借以暗示人家在白云飘缈之处。以景结情，余音袅袅，宕出远神，诱人遐想。如无这个结句，全篇静默无声，只是一首哑诗；一声鸡鸣，震响全篇，使之成了有声画。难怪前人交口称赞此诗结尾之妙。南宋胡仔《苕溪渔隐丛话后集》卷二十四评云："似此等句，须细味之，方见其用意也。"元代方回评："此诗尾句自然。"清代陆庠斋评："落句妙，觉全首便不寂寞。"（《瀛奎律髓汇评》卷四）

梅尧臣诗的题材走向和风格倾向开宋诗风气之先，因此他被誉为宋诗的"开山祖师"（刘克庄《后村诗话》前集卷二，中华书局，1983，22页）。他在艺术上追求"意新语工"，能"状难写之景如在目前，含不尽之意见于言外"（欧阳修《六一诗话》引梅尧臣语）。这首诗风格平淡幽美，带有他早期诗的几分清丽，做到了"意新语工"，"状难写之景如在目前，含不尽之意见于言外"，营造出一个深邃高远的艺术境界。正如清代查慎行所评："句句如画，引人入胜，尾句尤有远致。"（《瀛奎律髓汇评》卷四引）。《鲁山山行》确是梅尧臣五律的代表作。

淡朴有味的老境美
——梅尧臣《东溪》

宋仁宗至和二年（1055），诗人梅尧臣丁母忧居故乡宣城（今属安徽），于春日漫游郊野，诗兴勃发，吟成一首七律《东溪》：

> 行到东溪看水时，坐临孤屿发船迟。
>
> 野凫眠岸有闲意，老树着花无丑枝。
>
> 短短蒲茸齐似剪，平平沙石净于筛。
>
> 情虽不厌住不得，薄暮归来车马疲。

东溪，因水势宛转曲折，故又名宛溪，源于皖南峄山，流经宣城东北与句溪汇合。宛、句两水，合称"双溪"，沿溪景色宜人。唐代大诗人李白晚年游宣城，作五律《秋登宣城谢朓北楼》，有"两水夹明镜，双桥落彩虹"

一联，画出双溪如镜、虹桥倒影的美景，历代传诵。梅尧臣这首诗则以写意与工笔相结合的技法，描绘清淡平远的东溪春日景象，融情入景，独具新意，表现悠闲恬适的情趣，体现了梅诗晚期平淡老健的艺术风格，颇受好评。

诗的首联叙出游之事。孤屿，水中孤岛。诗人兴致勃勃行到东溪，他是特意来观赏澄碧而潋滟的春水的。上句七个字点明诗题，点出行到之地、出行之缘由与时令（从后文"着花"见出是春天）。诗人平平写来，言简意丰，已将闲情逸兴融于句中。次句写他乘舟泛溪，靠近溪中一个美丽的孤岛，便坐在舟中观景。小船也仿佛知晓他的心意，迟迟不发。这一句更展现他游溪赏春的浓厚兴致。"孤屿"出自南朝刘宋山水诗大师谢灵运的"乱流趋正绝，孤屿媚中川"（《登江中孤屿》）。尧臣选用大谢诗的"孤屿"这个意象，是颇有妙意的。当代诗论家流沙河说："诗人的经验层面同古人的经验层面（古典意境）因用典而叠合而交融，造成一个典象，给读者以两次投影于欣赏的荧屏，就像两张不同的摄影底片叠印在同一张感光纸面，所呈图像往往产生奇妙的视觉效果，给人以空间和时间的跃动感。"（流沙河《十二象》，三联书店，1987，165页）读者从"孤屿"这个典象中自然联想到昔日大谢游览中的诗情画意，于古今情境的叠合中感受到梅尧臣为东溪中的"孤屿"之美所"媚"之情。这就是典象的妙用。梅尧臣善于在平淡质朴的叙事与写景中自然融注深微的情思，在此诗首联就显露出来了。

我们还应当注意到，律诗的首联是不要求对仗的，而这首诗首联上下两句的前六字竟字字相对，备极工切。法国学者程抱一说："对仗的特点在于其空间本性。"（参见程抱一著、涂卫群译《中国诗画语言研究》，江苏人民出版社，2006，67页）对仗上下两句词语的相互呼应和关照，使它们不服从时间规律、线性发展。因此，首联的对仗使诗的节奏缓慢下来。这两句的意义节奏都是二、二、二、一，四个音步，加上押的是声音轻柔的上平声四支韵，形成一种柔和的语调与舒缓的节奏，有助于表现诗人悠然闲适的心情。

唐代"诗佛"王维的五律《终南别业》，有"行到水穷处，坐看云起时"的名联，句中"行到""水""坐""看""时"等字，都再现于梅诗的首联。显然，梅尧臣化用了王维此联的语意。但王维此联在写景、叙事与抒情中，蕴含了诸如"处变不惊""绝处逢生""无心遇合"及"随缘自适"等禅意哲理，近人俞陛云评释此联："可悟处世事变之无穷，求学之义理亦无穷。"（《诗境浅说》，上海书店，1984，9页）但梅诗首联只是叙事抒情，此诗理趣，在下一联才着意表现。

中间两联都是写景，颔联所写是岛上景。野凫，野鸭子。上句说，数只野鸭子懒洋洋地掩颈卧在岸边打盹儿；下句说，几棵枯老的树，其枝头上竟然也绽放出照眼的春花。历代诗论家对这一联极为赞赏。宋代胡仔说："似此等句，须细味之，方见其用意。"（《苕溪渔隐丛话后集》卷二十四）元代方回说："为当世名句，众所脍炙。"清代纪昀说："此乃名下无虚。"冯舒说："三、四亦好，然非唐音。"（均见《瀛奎律髓汇评》卷三十四）近代陈衍亦云："三四的是名句。"（《宋诗精华录》卷一）那么，此联究竟妙在何处？

首先，"野凫眠岸"与"老树着花"仅八个字，就捕捉住皖南水乡春日最具特征的景物。诗人用简淡笔墨略作勾勒，意象生动，跃然纸上。在这八个字后，又分别添加"有闲意""无丑枝"，表达他对野凫眠岸和老树着花的独到感受、新鲜发现，于是，野凫在幽美恬静水边安眠的闲意，老树于风日和煦春天绽花之美景，也就富于生气与灵机地呈现在读者眼前。而这情意化并带着象征性的野凫和老树，正是作者厌恶污浊官场与喧嚣城市、向往清新幽秀大自然的"野情""闲意"的含蓄表达，也是他长期沉沦下僚仍爽朗面对人生的自我写照。细加品味，读者亦不难从中领悟自由自在、诗意栖居的可乐可贵，领悟老当益壮的人生晚境的可敬可爱。作者将其情、意、理、趣渗入并融和在自然景物意象之中，使这联诗既赏心悦目亦发人深省。此联上句出自杜甫《漫兴》中的"沙上凫雏傍母眠"，下句从李白《长歌行》的"枯枝无丑叶"化出。梅尧臣上句不如杜甫的诗细致生动，却以"有闲意"的独特感觉胜出；其下句多了"着花"的细节和象征性哲理性，也优于李诗。

清人冯舒说这联诗"非唐音"，也就指出了它的宋诗风调。梅尧臣说："作诗无古今，唯造平淡难。"（《读邵不疑学士诗卷》）他在诗歌创作中以追求平淡风格为目标。但他所追求的平淡，并不仅是对陶渊明、韦应物等人诗风的继承，更是一种创新。后期梅诗在平淡中融入了劲峭、枯涩、老健乃至雄奇等诸多因素。欧阳修评梅诗："文词愈清新，心意虽老大。譬如妖韶女，老自有余态。"（《水谷夜行寄子美圣俞》）又说梅诗"气完力余，益老以劲"（《梅圣俞墓志铭》），评得精切。梅尧臣这联诗，尤其是

"老树着花无丑枝"，形象地展现出"老自有余态"的平淡老健之美，迥异于唐诗尤其是盛唐诗的青春朝气、少年精神。历代诗论家对梅尧臣这联诗赞赏有加，可见他们对梅诗开宋诗风气之先的充分肯定。

诗的颈联写水边溪中之景。蒲茸，初生的蒲草。这两句说：初生的蒲草，短短的，毛茸茸的，好像剪过一样齐平；而平展展的水底沙石，比用筛子筛过还洁净。诗人描写蒲茸与沙石，分别用叠字"短短""平平"来形容，又用"齐似剪"和"净于筛"两个通俗生动的比喻来摹状，使蒲茸与沙石意象鲜明亲切，蒲草之软嫩、沙石之洁净及春溪之清澈，全都宛然在目。诗人在《夏日晚晴登许昌西楼》诗中，有"烟蒲匀若剪，沙岸净无泥"两句，语意与此联相近，但此联连设两喻，想象更丰富。诗人不用"净如筛"而作"净于筛"，也避免了对仗的呆板。朱自清先生《宋五家诗钞》评曰："'于'对'似'，是变化处。"其实变化更大的，是这两句用工笔细致逼真地刻画景物，而不同于上一联粗笔勾勒的写意手法。这一联只是写景，而诗人闲适欣悦的心情已漫溢于字里行间。

诗的结尾写归来。厌，满足。住，停留。上句叹惋说：这样美好的宛溪春色，不管欣赏多久都难以满足，但我不可能在这里住下来，甚至无法过久逗留。下句直叙返城情事：临近黄昏的时候，我乘着马车返回城市，尽管神疲体倦，却是尽兴而归。"情虽不厌"，总括了中间两联，直抒他对东溪风景的喜爱与留恋；"住不得"回应了第二句的"发船迟"；"薄暮"，傍晚，点明归来的时间，补足"住不得"之意；"归来"与首联"行到"遥相呼应，表明一天的游玩已结束；"车马疲"写返城途中车马驰逐、尘土飞扬，同次句"发船迟"写扁舟迟发使诗人得以悠闲赏景前后对比，传达出诗人对扰攘闹市的厌烦和对幽美东溪的留恋。最后反衬一笔，使全篇首尾照应。

总结以上赏析，梅尧臣这首七律饶有新意，名句精警，结构严密，以思理取胜，也做到了作者所提倡的"状难写之景如在目前"（欧阳修《六一诗话》引）。但在艺术表现上也有明显不足：一是诗中所写景物都是视觉意象，作者未能调动听觉、触觉、嗅觉等多种感觉写景；二是首联、颈联及结句都是单字尾，句法仍缺少变化；三是结尾诗意显露，意随言尽，不像他的五律《鲁山山行》以云外鸡声作结，"含不尽之意，见于言外"（同上），有蕴藉之妙。然而《东溪》毕竟突出显示了梅诗平淡老健的风格，不失为七律杰作，亦堪称宋诗名篇。

构思精工　句句有味

——欧阳修《戏答元珍》

春风疑不到天涯，二月山城未见花。

残雪压枝犹有橘，冻雷惊笋欲抽芽。

夜闻归雁生乡思，病入新年感物华。

曾是洛阳花下客，野芳虽晚不须嗟。

这首七言律诗的作者是欧阳修（1007—1072），字永叔，自号醉翁，晚年又号六一居士，庐陵（今江西吉安）人。四岁丧父，家贫好学。天圣八年（1030）进士，历任县令、太守、枢密副使、参知政事（副宰相）等官职。退居颍州，卒谥文忠。因支持庆历新政的范仲淹集团，刚直敢言，几次遭到贬谪。他在散文、诗、词、史学等方面成就甚高，影响很大，成为北宋第一个大文学家，诗文革新运动的领袖。他重视奖励和提拔人才，曾巩、王安石、苏洵、苏轼、苏辙等人都是他扶植培养出来的。他的诗继承了韩愈雄健的散文化风格，又有清新流丽的特点，著有《欧阳文忠公文集》。

宋仁宗景祐三年（1036），范仲淹因"讥切时弊"，被贬出京。欧阳修写信给谏官高若讷，责备他趋炎附势，对范仲淹落井下石，因此也被贬为峡州夷陵（今湖北宜昌）令。此诗作于次年春天。诗题一本下有"花时久雨之什"六字。戏，逗趣，开玩笑。元珍即丁宝臣，字元珍，当时任峡州军事判官，是作者的好朋友。丁作《花时久雨》诗赠给欧阳修，欧阳修便写了此诗作答。作者正处失意之际，诗题冠以"戏"字，是以诗为戏，自我嘲笑，借以排遣苦闷。

古人作诗很注重开头和结尾。明人王世贞《艺苑卮言》说："七言律不难中二联，难在发端及结句耳。"律诗中间两联要求对仗，在造句和措辞上受到较大限制，所以一般人都以为写律诗难在中间两联，王世贞却认为开头和结尾两联更不易写好。这是深谙律诗艺术三昧之言。因为律诗诗意的完整、结构的严谨、诗味的含蓄主要取决于开头和结尾。律诗的首联，有人说应似狂风卷浪，势欲滔天；有人言应如爆竹骤响，先声夺人。这都只是用形象的语言来形容律诗发端的艺术效果。其实律诗的开头和结尾千变万化，手法很多。一般来说，起得新奇突兀，有气势，或能笼罩全篇，就是好的开篇。欧阳修这首律诗可谓妙于发端。他写此诗的这一年，夷陵春寒久雨，已到了二月开花时节却不见花，这才使诗人怀疑春风吹不到山城夷陵来。按照事情的顺序，应当先从未见花写起，但诗人用了倒卷笔法，倒戟而入，一落笔就说他怀疑春风吹不到天涯。这个疑问突兀出奇，令人莫名其妙。但读了下句，就觉问得有理有据，问出了诗人的心境意绪。夷陵在长江中游，说不上是"天涯"，作者说它是天涯，实属艺术夸张，表明自己遭到远谪，犹如身在天涯海角。唐代诗人王之涣有一首《凉州词》，被称为盛唐七绝的"压卷之作"，诗云："黄河远上白云间，一片孤城万仞山。羌笛何须怨杨柳，春风不度玉门关。"结句写春风吹不到玉门关，既表现了塞外的寒冷荒凉，又含有比兴，暗喻朝廷恩泽不及边塞将士，透露出怨恨之情。欧阳修有可能想到了"春风不度玉门关"这一名句，便略加变化，用在此诗的开头，借以含蓄地抒发自己被贬的抑郁和对朝廷的不满。总之，首联的先疑后答新奇突兀，语意连贯，含义双关，句法相生，跌宕多姿，确如清人纪昀所评："起得超妙。"（《瀛奎律髓汇评》卷四引）欧阳修自己也很得意，说："若无下句,则上句何堪?既见下句,则上句颇工。"(《笔说·峡州诗说》)正因为这两句巧妙地破题,诗由写花时久雨的伤感这一角度切入,再发展到伤时不遇的怨思以及自嘲、自慰与自勉,使全篇构思精工,章法严谨,情味深长,所以元人方回说:"以后句句有味。"(《瀛奎律髓汇评》卷四)

诗的颔联紧承首联,描写山城的早春风光,意思说:残雪压着的枝头上,还挂着去秋采摘剩下的橘子;冻雷在天地间炸响,惊醒了竹笋,它们就要抽出新芽了。夷陵是著名的橘乡和竹乡。欧阳修在《夷陵县四喜堂记》中说,夷陵"有橘柚茶笋四时之味"。残雪压橘,可见冬寒未尽,但冻雷惊笋,已显示着春天的来临。诗人捕捉住具有典型的时令和地域特征的景物,生动如画地描绘出山城夷陵独特的早春景色。在白色残雪的映衬下,那枝头上点缀着的橘子红得格外鲜艳;画面上又响起惊醒竹笋的雷声,真是绘声绘色,展现出一幅有声画。这两句对仗工整自然,上句与下句互相映衬、烘托,使这幅山城早春画卷中的景物意象更丰富,气氛更加浓郁。这两句都运用了先抑后扬的句式,前四字抑,后三字扬,用以形容和摹状"雪"和"雷"的"残""压""冻""惊"四字,生动形象，精妙传神，一字不可移易。虚词"犹"字下得有力。更妙的是"欲"字，赋予竹笋知觉，同"抽芽"紧密配合，将一般人难以觉察的春笋抽芽的动态描绘得活灵活现，生机勃勃！

这联诗不仅描状了乍暖还寒的山城早春景物，也不仅抒写作者因为橘之犹存和笋之抽芽而引发的惊喜之情与物华之感，更妙在写景中潜藏着深邃的象征意蕴。中国现代大诗人艾青在《诗论》中说："象征是事物的影射，是事物互相间的借喻，是真理的暗示和譬比。"这里压枝的雪已是"残雪"，尽管它压着枝桠，却不能使橘子凋枯或腐烂，它们仍挂在枝头红艳如火；惊笋的雷虽是冻雷，它并没有将竹笋惊呆、冻伤，反而唤醒了它，使之抽芽苗长，迎接春光。因此，这残雪与冻雷，影射着攻击范仲淹改革的保守派势力，还有那些追随他们的奸佞小人，作者表达出对他们的蔑视与嘲讽。红橘与春笋，则暗示范仲淹和作者本人在政治逆境中自强不息的斗争精神。如果撇开北宋政治斗争的具体背景，从更深广的角度品味，这一联诗于料峭之寒中写出盎然春意，发现并赞美红橘的顽强生命力和竹笋应时而起的振奋精神，也就如同唐代诗人王湾的"海日生残夜，江春入旧年"（《次北固山下》）

和白居易的"野火烧不尽，春风吹又生"（《赋得古原草送别》）一样，蕴含着大自然与社会人生的哲理，给予不同时代的读者思想的启迪和激励他们奋发的力量。

诗的颈联正面抒写自己的迁谪之感。乡思，对家乡的怀念。物华，美好的景物。这两句说：我彻夜难眠，卧听北归大雁声声鸣叫，勾引起无尽的思乡之情；抱病进入了新年，大自然的生命律动和万物在春天中的美好景象，使我这谪居异乡的逐臣感慨万千。雁是候鸟，春天北归，秋天南来，古代又传说它能为人传信，故常用作思乡怀归的象征物。这里上句的乡思，不只是思念故乡，还包括怀念汴京，以及他任西京留守推官时的所在地洛阳。下句的物华，既是对上联所写橘子和竹笋的照应，又包含留存在他记忆中的种种美好景物。诗人由对往事的回忆联想到目下的处境，使这联诗的出句与对句语意连贯而下，具有"流水对"的流动感，显示出作者运用对仗技巧的高明。

尾联是作者故作宽解之语。洛阳现属河南，北宋时称西京，盛产牡丹。欧阳修在任西京留守推官时，曾领略了当地牡丹怒放的盛况，写过《洛阳牡丹记》；丁元珍也在洛阳住过，因此两人同是牡丹花下客。野芳，野花。嗟（jiē），感叹，这里可读作"chā差"，以求押韵。这两句说：我和你当年曾经都是洛阳牡丹花下的常客，如今山城夷陵只有一些野花，今年开得又迟，但我俩也不必有什么遗憾感慨了。作者能从思乡、叹病、伤时不遇等消极情绪中解脱出来，表现出一位逐渐成熟的政治家善处逆境的思想意志和旷达乐观的胸襟，尤为难能可贵。当然，诗人的内心世界是复杂矛盾的。在结句"野芳虽晚不须嗟"中，仍隐隐透露出他遭受远谪的失意感伤，是很耐人寻味的。

这首七律诗四联所抒写的情思抑扬顿挫，起伏跌宕，毫不平板单调。首联写"未见花"而伤感，尾联写"野芳虽晚不须嗟"，首尾呼应，又有变化；作者遭谗被贬的苦闷与自慰自励的开朗交织穿插，贯穿全篇；写景、抒情、议论融为一体，象征寄托含蓄蕴藉，不露圭角；语言凝练畅达，清新自然。这一切都体现出律诗艺术的圆熟，堪称欧阳修七律的代表作。

通篇写景　意欲弄潮
——苏舜钦《淮中晚泊犊头》

春阴垂野草青青，时有幽花一树明。

晚泊孤舟古祠下，满川风雨看潮生。

这首七言绝句题为《淮中晚泊犊头》。作者苏舜钦（1008—1048），字子美，原籍梓州铜山（今四川中江县东南），一说绵州盐泉（今四川绵阳市东南），生于汴京（今河南开封市）。景祐元年（1034）进士，历任蒙城、长垣县令和大理评事、集贤校理、监进奏院等职。因参加范仲淹政治革新集团，于庆历四年（1044）被保守派诬陷，革职除名。后流寓苏州，筑沧浪亭，自号沧浪翁。庆历八年复官为湖州长史，未赴任而卒，年仅四十一岁。苏舜钦"少慷慨，有大志"（《宋史》本传），是北宋仁宗朝的杰出诗人，与梅尧臣齐名，并称"苏梅"。欧阳修《六一诗

苏舜钦像

话》评论说："子美笔力豪隽，以超迈横绝为奇；圣俞覃思精微，以深远闲淡为意。"得到宋代诗坛的公认。诗题的"淮中"即淮河之中。"犊头"，淮河边上的一个小镇，在今江苏淮阴县境内。此诗是诗人旅次淮上之作，描绘了春日淮河的自然景色，表现诗人在风雨中观潮的激昂情怀，是一首构思精巧、写景真切、寓情于景、意蕴深邃的七绝佳篇。

诗的前两句写诗人舟行河上所见两岸风景。春阴，春天的阴云。垂野，低垂在原野上。幽花，幽静偏僻处的花。春天阴云密布，笼罩原野。诗人在舟中放眼望去，但见草色青青，偶尔可见一树幽花，色彩鲜艳夺目。首句的"垂"字，活用杜甫的"星垂平野阔"（《旅夜书怀》）；次句从杜甫的"幽花欹满树"（《过南邻朱山人水亭》）和宋初晏殊的"露涩幽花冷自香"（《春阴》）化出。诗的后两句写泊舟岸边后伫看河上的景色。古祠，古庙。川，河流。满川，指整条淮河。句意说，天色阴沉，又到了傍晚，我将一叶孤舟停泊在古庙之下，独自站立岸边，看风雨突至，满河弥漫，潮水猛涨。

读者诵读几遍，不难体会此诗感情色彩强烈，诗句自然流畅，仿佛诗人信笔写来，一气呵成。但细加品味，就能发现诗人经过了精心的谋篇布局，并运用了多种艺术技巧。

首先从写景角度看，诗的前一联写的是诗人舟上观岸，后一联却反过来，写岸上观河，观景位置互换。前一联写景是动中见静："时有"二字，巧妙地表现舟行水上，两岸景物移动、变化的情状，但阴云、野草、幽花都是静态的；后一联写景却是静中见动：诗人静立岸边，他所看到的是满川风雨、春潮汹涌的动荡之景。从写景技法看，首句"春阴垂野"是大处落笔，展现出阴云笼罩、色调灰暗的辽阔原野；次句写幽花，却是细节点染。这一树幽花在春阴垂野的背景下却显得格外明艳。第三句写泊舟古庙，又改从小处淡笔勾勒，而结句写满川风雨潮生，则是淋漓泼墨，大加渲染。景物明暗、动静、大小交替，映衬对照，使此诗的意象生动鲜明，变化多姿。

其次看篇章结构。此诗从开篇到结尾，空间转换，时间推移，诗意层层递进。因"春阴"而见"幽花"，因天晚而靠岸，又因古祠无人而孤立岸边，更因风雨骤至而看晚潮，诗在到达高潮时即戛然而止。严谨的章法，可见诗人驾驭结构和转移时空的艺术才能。结句"满川风雨"与首句"春阴垂野"遥相呼应，使此诗的艺术结构体现出中国古典诗学所提倡的婉曲回环、圆转流动之美。诗人运用诸多技巧却不露痕迹，这是高超的艺术手腕。

《淮中晚泊犊头》最成功之处，是几乎通篇写景，在写景中简要叙事，诗人的情思完全融化在景事之中，从而给予读者强烈的感染与深长的回味。首句的春阴垂野景色中，就渗染着诗人抑郁的感情；次句的幽花，给诗人带来了一些喜悦；第三句的孤舟晚泊、古寺苍茫，又反映出诗人的孤寂冷落；而结句的满川风雨、晚潮汹涌，却使诗人随之心潮澎湃，激动感奋。如果要弄清楚诗人在此诗中所抒写的情思意蕴，我们就得联系此诗的创作时间和政治背景作一些分析。

　　关于此诗的创作时间，有人认为是庆历三年（1043）诗人旅游淮楚时，也有人说是次年十一月诗人被诬害罢官离京去苏州途中，但都未做考证。陈尚君先生《唐宋诗词札记·苏舜钦〈淮中晚泊犊头〉的寓意》说："此诗本身并无系年的佐证，但它收入文集的位置，却可资考证。《苏学士集》十六卷，为欧阳修据苏舜钦妻杜氏提供的苏氏遗稿编成。传本卷次已为后人重析，但次第仍保留了原编的面貌。集中诗占八卷，分为古诗、律诗两类，古诗占五卷，律诗占三卷，两类诗又分别大致按写作年代的先后排列。《淮中晚泊犊头》收入卷七，其后为《韩忠献公挽词二首》、《诏狱中怀蓝田高先生》《湘公院冬夕有怀》，均为庆历四年（1044）秋冬间作，因知此诗当作于该年春间。今人沈文倬编《苏舜钦年谱》考定，苏舜钦于庆历三年下半年旅居山阳（今江苏淮安），次年被范仲淹荐为集贤校理、监进奏院，春间自山阳入汴京，此诗即为这次旅途中作。……《淮中晚泊犊头》写作者旅中所见景致，描写如画。联系当时的政治形势及作者的心境来分析，应该说作者在描写即景所见的同时，也在一定程度上寄寓了对形势的关心和忧虑。'满川风雨看潮生'，面对多变的政局，诗人此时还是个旁观者，冷静地观察着潮起潮落的变化，但同时，应该说也正在做着搏击风雨的准备。"（《敬畏传统》，复旦大学出版社，2011，106页）尚君先生的考论有理有据，是可信的。因此这首七绝就不是一般的写景抒情的行旅诗，而是具有比兴寄托的深邃内涵的：

"春阴垂野"，仿佛象征保守集团把持政柄时期黑暗压抑的政治氛围；"满川风雨"，似乎隐喻保守集团对范仲淹政治革新已发动了疯狂攻击；草色青、幽花明，则反映政治革新给人们带来的光明和希望；诗人静立岸边观潮，不仅表现了诗人冷静观察政治形势的起落变化，而且传达出他渴望投入斗争风雨做改革弄潮儿那种激动兴奋、跃跃欲试的心情。难能可贵的是，这些带有政治性的情思意蕴都寄寓在自然景色之中，非常含蓄。俄国杰出诗人莱蒙托夫（1814—1841）有一首著名的《帆》，通篇写船帆和大海等自然景物，并无一字涉及政治。诗的结尾云："呼啸的海风翻卷着波浪，/桅杆弓着身在嘎吱作响……/不安分的帆儿却祈求风暴，/仿佛风暴里有宁静蕴藏！"这面不安分的、祈求风暴的帆，寄托着莱蒙托夫渴望迎接改革社会的斗争风暴的激情，这同苏舜钦"满川风雨看潮生"的心境是很相似的。

苏氏这首七绝历代传诵不衰。南宋《王直方诗话》说，北宋大诗人黄庭坚非常欣赏，"累书此诗，或真草与大字"。刘克庄《后村诗话》前集卷二称此诗"极似韦苏州"。韦苏州指唐代诗人韦应物，他的《滁州西涧》诗云："独怜幽草涧边生，上有黄鹂深树鸣。春潮带雨晚来急，野渡无人舟自横。"近代陈衍《宋诗精华录》卷一评《淮中晚泊犊头》云："视'春潮带雨晚来急'，气势过之。"苏诗在取景上学习借鉴了韦诗，但其所抒发的情意不同于韦诗的从容悠闲，显示出比韦诗强大的气势。当然，我们不能仅以气势大就说苏诗胜于韦诗，却由此可见苏舜钦善于在学习前人的基础上变化创新。又，南宋吴曾《能改斋漫录》卷八说苏诗第二句与郑獬《田家》的第二句"一树高花明远村"相类，"皆清绝可爱"。郑獬（1022—1072）比苏舜钦小十四岁，郑诗应是从苏诗化出，可知苏诗在当时就很有影响。日本学者吉川幸次郎在《宋诗概说》中称苏氏此诗为"宋代七言绝句代表作之一"，我举双手赞成。

幻丽之景的自现
——李靓《忆钱塘江》

　　北宋著名学者李靓（1009—1059），建昌军南城（今属江西）人，曾在南城创建盱江书院，从学者常达数百人，故世称盱江先生。李靓不以诗名，却有多首佳作传世，《全宋诗》录存其诗三卷。他的诗内容充实，思想深邃，多有抨击时弊、同情民生疾苦之作。其古体诗雄劲质朴，近体律、绝清丽婉转。七绝《忆钱塘江》被选入多种宋诗选本，堪称脍炙人口，诗云：

> 昔年乘醉举归帆，隐隐前山日半衔。
>
> 好是满江涵返照，水仙齐着淡红衫。

　　钱塘江是浙江下游流经杭州以下的一段，又称钱江。从诗题中的"忆"字可知，这首诗描绘的不是眼前景色，而是追忆往昔所见钱塘江上傍晚的奇观。

首句即紧扣题面。昔年，一作"当年"，意同，但"昔"字更合当句平仄拗救的格律，切题中"忆"字。举归帆，切"钱塘江"三字。作者是从杭州乘帆船沿钱塘江上溯富春江、通抚河，入盱江返回家乡南城的。"乘醉"二字是纪实，看似寻常，含义却很丰富。诗人在钱塘江上乘船，心情非常愉快，于是把酒临风，观赏沿江美景。美酒使他脸上醉态醺然，美景则使他心中诗意盎然。举，高挂，高悬。在"乘醉"后接以"举归帆"，乘船过江这一寻常之事，就显出了奇境和诗意：在醉眼惺忪的诗人看来，这面高悬于水天之间的白帆，好像是他在兴奋中用双手举起来的。"帆"字又为诗的结句描绘满江红帆埋下伏笔，有首尾呼应之妙。如果写成"坐归船"就平淡无味了。"乘醉"二字不只是首句之眼，而且统摄全篇，灵光四射。因为这四句诗所写的景象，全都是诗人的醉眼所见和醉心所感。

次句写江岸黄昏景象。诗人向前方眺望，只见远山隐隐，夕阳西沉，有一半已经看不到了，还有一半在山上，好像是被山张口衔住一样。隐隐，若隐若现、模糊不清的样子。这两字写出诗人醉眼望去的迷离之感，又含蓄地表现了江水的浩淼。唐代大诗人王维写汉江，有"江流天地外，山色有无中"（《江汉临眺》）一联，那仿佛流出天地外的汉江，就是与似有似无的远山互相烘托的。日半衔，表明天色已近傍晚，江上风平浪静。如果风高浪涌，就不可能见到山衔落日了。这句诗是从唐代天才诗人李白的"青山欲衔半边日"（《乌栖曲》）句化出，两人都有意用"衔"字将青山拟人化，使夕阳落山的景象更有奇趣。这一句写山衔落日，也就自然带出第三句接着写落日返照江面。我们鉴赏古典诗歌，既要反复品味诗中每个字的字面、字里与字外之意，还要通览全篇，仔细寻找与发现句与句、联与联之间的联系和照应。

诗的后一联展现了江上奇幻绚丽的薄暮景色，也是全篇的精彩妙笔。好是，最好的是。涵，沉浸、包容。返照，夕照。杜甫《返照》诗有"返照入江翻石壁"之句。水仙，水中女神。钱塘、西湖一带有水仙王庙。苏轼有诗云："一杯当属水仙王。"（《饮湖上初晴后雨二首》其一）着，穿。诗人由仰望远山转而平眺江面，但见夕阳映照之下，满江绿水闪耀着红光，而江上那一张张白帆，也被染成了淡红色。面对这流光溢彩的美丽景色，醉意朦胧的诗人突然产生了幻觉：他仿佛看见满江红帆变成了无数水仙，她们都穿着淡红色的衣衫，像是凌波微步，又像在翩翩起舞。"涵"字写出江水的清澈、透明，也包含着水中的夕阳光彩。"齐"字与"满"字互相呼应，表现江面开阔、江上红帆及其幻化的红衣仙子很多。"水仙"句，用神话里的水中女仙来形容夕照下的红帆，从修辞手法看，是借喻也是拟人。然而诗人只是将他醉眼朦胧中所见所感的迷离、奇幻、绚丽景象直接呈示出来，它们并没有受到诗人借喻、拟人、解说的干扰。正如美籍华裔诗人兼诗论家叶维廉在一则题为《不需要象征不需比喻》的诗话中所说：

宋·法常《远浦归帆图》（局部）

"回到事物本身的行动（或动态）里，回到造成某一瞬间心理真实的事物之间即非犹是的关系。"（叶维廉《中国诗学》，人民文学出版社，2006，384页）幻境的自现，在我们的眼前推出一幅光彩闪耀的印象派油画，或者说是演出了一幕空灵缥缈的神话剧。画中、剧中的女主角红衣仙女活灵活现，多么美丽动人！

显然，幻景自现的写法使诗的意境若真若幻，真幻交融，浪漫色彩浓郁。读者在诗的意境中也自然能感受到诗人对钱塘江美景的欣悦、对大自然的热爱。在一次平常的江行途中，在篇幅短小的绝句诗里，竟然能够感受并表现出如此空灵、丰富、奇幻、瑰丽的意象和境界，可见李觏这位杰出的思想家不仅有渊博的学识，更有一颗天真烂漫、热情好奇的诗心！李觏在其《论文》中批评时人诗文意熟辞陈，故而他写诗就力求构思、遣辞出人意表。钱锺书先生《宋诗选注》评李觏诗"意思和词句往往都很奇特，跟王令的诗算得宋代在语言上最创辟的两家"，十分精切。这首《忆钱塘江》就是想象不凡、意新语奇的杰作。

唐代诗人雍陶的七绝《题君山》历来为人们所传诵，诗云："烟波不动影沉沉，碧色全无翠色深。应是水仙梳洗处，一螺青黛镜中心。"诗人将洞庭湖中君山的倒影比拟为水仙梳洗后映在镜中的青色螺髻，意象奇幻美丽。李觏此诗描绘水仙形象，很可能受到雍陶诗的启发。但雍诗写月夜景色，意象与意境清幽奇丽，饶有静态美和神秘美；李诗写薄暮景色，红衣仙子的群像灵动活泼，意境于奇幻绚丽之外，更开阔，更有生气，富于动态之美。这些差异表明，李觏虽然学习借鉴了前人，但此诗意象的营造与意境的创构，主要出于他自己的灵心妙笔，锐意创新。

绝句的章法结构，其四句诗一般是起、承、转、合。清人王楷苏《骚坛八略》说："七绝全要在第三句着力，须为第四句留下转身之地，第三句得势，第四句一拍便着。譬之于射，三句如开弓，四句如放箭也。"《忆钱塘江》第三句承上启下，它借助虚词"好是"二字取势，开出"满江涵返照"之"弓"，从而在第四句有力地放出"水仙齐着淡红衫"之"箭"。第三句用"好是""最是""应是""最美""最爱"一类词语领起，指点出观景的最佳时地、角度、环境、氛围，再在第四句用警句收结的写法，似已成了七绝诗写景抒情艺术效果颇佳的一种结构方法。除了上引雍陶诗外，类似的还有韩愈七绝名篇《早春呈水部张十八员外二首》（其一）三四句："最是一年春好处，绝胜烟柳满皇都。"宋初诗人潘阆七绝《九华山》云："将齐华岳犹多六，若并巫山又欠三。好是雨余江上望，白云堆里泼浓蓝。"韩、雍、潘、李诗三四句的句式和写法，一脉相承。当代诗人钟振振先生的七绝《松花湖》诗云："松花秋水一湖清，四百里山围玉屏。最爱夕阳红湿处，渔船似在火中行。"三四句也是这种写法。

清代著名诗人、神韵派领袖王士禛在《带经堂诗话》卷十一中，称赞李觏"绝句乃颇有似义山者"，并举数诗为例，其中就有《璧月》与《忆钱塘江》。王士禛并未具体指出李觏绝句在哪些方面与李商隐绝句相似。在我看来，李商隐的七绝名篇《板桥晓别》《嫦娥》《霜月》《谒山》等，都用了诸如水仙、嫦娥、青女、麻姑等女神的形象来比拟景物，写得清丽奇幻，韵味深长，确与李觏的《璧月》《忆钱塘江》同一机杼。有趣的是，王士禛的得意之作《真州绝句六首》其二云："江干多是钓人居，柳陌菱塘一带疏。好是日斜风定后，半江红树卖鲈鱼。"描绘江苏仪征江岸傍晚的旖旎风光，富于诗情画意，后两句尤为人传诵。其实，明眼人不难发现，这两句诗的句法和取景方法，就是学习和借鉴了李觏诗。

意象的现场与层深
——刘敞《春草》

北宋著名学者刘敞（1019—1068），字原父，世称公是先生，临江军新喻（今江西新余）人。他学问渊博，擅长古文，遂以学问为诗，以文为诗，多不成功。但有一些七绝小诗思致深远、趣味清雅，《春草》一首即是其中的佼佼者。诗云：

春草绵绵不可名，水边原上乱抽荣。

似嫌车马繁华地，才入城门便不生。

在中国古代诗歌史上，咏春草传诵最广的，是唐代大诗人白居易的五律《赋得古原草送别》。此诗运用比兴手法表现送别情怀，其颔联"野火烧不尽，春风吹又生"，从烈火之后再生的春草中彰显出一种不畏磨难的进取精神和顽强、旺盛的生命力。对仗工致，唱叹有味，深蕴哲理，激人奋进，成为千古名句。此后，咏春草的好诗便很少见。刘敞这首七绝同样运用比兴手法，借咏春草，寄寓他对一种人生品格的赞颂。在白居易的绝唱之后，刘敞从春草中发现了足以陶冶与启迪人心的新鲜诗意，并能营造出独特的意象，把新鲜的诗意含蓄地表达出来，堪称宋诗中咏春草的佳篇。

诗的前两句描写春草在乡野上旺盛生长的景象。绵绵，形容春草生得茂密，连绵成片。不可名，叫不出名字。原上，原野上。抽荣，一作"抽茎"；荣，本指草本植物的花，这里指抽出嫩芽。春天一到，各种叫不出名字的小草就苗壮勃发，它们在溪水边、原野上抽芽拔节，连绵成片，织成一张张朴素美丽的绿绒毯，使人们感到赏心悦目，并真切感受到春天的欣欣向荣。"乱抽荣"三字，简洁生动地表现了春草在原野上的蓬勃生机，饶有意趣。

诗的后两句突出展示春草的独特个性和高洁品格，是作者寄寓其人生情怀与理想志向的点睛之笔，也是全篇主旨所在。第三句突作转折，以"车马繁华地"五字，推出一幅与次句所写"水边原上"迥然有别的城市景象：楼台鳞次，街巷纵横，车马奔驰，人来人往，一派繁华。然而，句首的"似嫌"二字表明，这车马繁华之地，却是春草所厌恶的。本来是诗人厌恶繁华的城市，他却把这种厌恶之情移注于春草，将春草拟人化，使它也有喜怒爱憎的情思。"似"字有意表示一种推测、揣度的语气，不作绝对肯定，反而显得真实可信，婉转含蓄。因为这句揭示了春草似是嫌弃繁华之地，所以第四句就如顺流之舟，说明春草只喜长在野外，而不愿生于城里。"入""生"二字与"嫌"字桴鼓相应，一气贯通，都是用拟人的修辞手法写春草，由写其心态继而写其行为动态。这一句真是白描妙笔，"春草"的意象活灵活现。我们诵读时，就好像见到一群身着碧绿衣裙的春草姑娘，她们从水边原上走近城市，但刚到城门口，一眼瞧见了车马繁华、尘土飞扬，便立即停下脚步，很快就消失了踪影。

我们品读这首《春草》诗时不难感悟，作者刘敞固然看到当时的城市繁华富庶、景观宏伟壮丽，但他更深切地意识到了城市环境的喧嚣、空气的污浊、政治的腐败、世风的庸俗。他对城市特别是官场中追名逐利、勾心斗角、熙熙攘攘的生活深恶痛绝，从而愈益渴望远离俗尘弥漫的城市，到那清新、淳朴、宁静、广阔的乡野去，追求身心的自由适意，培养一种抱朴守静的道德情操。因此，当他见到只生长在野外而不生长在城里的春草时，突然触发了内心的这些情思意愿，便借着咏赞春草，来表达他对世俗社会的厌弃，对清廉狷介人格的敬重。我想，鄙弃俗气、追求高洁的春草精神，对于今天的读者，仍然具有教育和启迪意义。

这首诗受到宋人的称赞。刘克庄说它"不似本朝人诗"（《后村诗话·前集》卷二）。蔡正孙《诗林广记·后集》卷十在这首诗后，附录唐代罗邺的《赏春》诗："芳草和烟暖更青，闲门要地一时生。年年点检人间事，唯有东风不世情。"蔡氏评论说："原父此诗，是将罗邺《赏春》诗意翻一转，真有唐人意度。"刘敞此诗与罗邺诗在意象与意趣、风格与气度方面的确很相似，所以蔡氏说它"真有唐人意度"。张鸣先生说：罗邺《赏春》诗"赞扬春草没有势利的心眼，不论贫寒闲门还是豪门要地都愿生长。而刘敞此诗则把意思翻进一层，说春草也会择地而生，并不愿生在繁华之地凑热闹"（《宋诗选》，人民文学出版社，2004，140页），解说清晰生动。但笔者还想对刘、罗二诗再作一些比较，以期更深细地领略刘敞此诗表现艺术的高明之处。

首先，刘敞能本罗邺《赏春》之诗意，再用春草作喻象，更翻进一层，开拓出新意新境，是很不容易的。这表明他善于学习，善于创新。

其次，从意象的营造上看，罗邺诗前两句描写春草之色与不择地而生，后两句却以唱叹之笔赞美春风无世俗之情，笔墨分散；春草与春风尽管有密切关联，但毕竟是两个不同的意象；何况，既然对春草与春风一并称赏，结句再说"唯有东风"就是自相矛盾，语意抵牾。而刘敞诗，全篇紧扣着春草这一个意象来写：前两句描绘它在郊野蓬勃生长的状态，第三句揭示它厌恶车马繁华地的心理，结句推出它"才入城门便不生"的特写镜头。当代著名诗人兼诗论家流沙河说得好："一切新闻都有现场，一切诗歌也有现场，一定是某个场所发生了某个事情。"（《流沙河的诗·道·书》，《新京报》2012年3月1日）刘敞诗对春草意象的营造很有现场感，宛然在目，又逐层深入，比罗诗艺高一筹。

再次，从诗的章法结构看，罗诗前两句较生动地描写春草不择地而生；后两句本应进而赞美春草，却岔开笔墨赞美春风，加之说理意味又浓，故而诗的前半幅与后半幅联系不紧，全篇不能一气浑成。而刘敞诗前两句尽情渲染春草在乡野蓬勃生长之态势，后两句陡然一转，写春草才入城门便不生长。前后对比，反差极大，给人以强烈的印象，既突出春草的清纯高洁，又转折跌宕，奇趣盎然。全篇显得章法严谨，意境浑整。

最后，顺便说几句，刘敞的弟弟刘攽（1023—1089），字贡父，世称公非先生，也以博学著称，兼擅诗，其绝句平易自然、清新可诵。例如《新晴》诗云："青苔满地初晴后，绿树无人昼梦余。唯有南风旧相识，径开门户又翻书。"蔡正孙《诗林广记·后集》卷十也推许为"佳作"。我们试将兄弟两人的诗做个比较，原父云："似嫌车马繁华地，才入城门便不生。"贡父说："唯有南风旧相识，径开门户又翻书。"二人笔下的春草与南风都那么生动、亲切、风趣、有灵气，真可谓"公非公是两弟兄，心有灵犀一点通"。

美景忧情　多重映衬

——王安石《题西太一宫壁》

柳叶鸣蜩绿暗，荷花落日红酣。

三十六陂春水，白头想见江南。

王安石的《题西太一宫壁》诗有两首，这里赏析的是第一首。第二首云："三十年前此地，父兄持我东西。今日重来白首，欲寻陈迹都迷。"题壁，即兴作诗，写在公共建筑物的墙壁上，是古人非正式地发表诗歌创作的一种方式。西太一宫，神庙名，在北宋都城汴京（今河南开封）西南八角镇；另有东太一宫，在汴京东南西村。太一，天神名，是天神之最尊贵者。

景祐三年（1036），王安石十六岁，随父亲王益到了汴京，并随父兄游西太一宫。次年，王益被任命为江宁府（今江苏南京）通判，他也跟到江宁。王安石十八岁时，王益去世，葬在江宁，亲属也就在江宁安了家。嘉祐六年（1061），王安石任知制诰；八年，他母亲吴氏在汴京去世，他又扶枢回江宁居丧，一直到熙宁元年（1068），他奉神宗之召入京，准备变法，重游西太一宫。此时，距初游已有三十二年，他已是四十八岁的人了。旧地重游，触景生情，百感交集，于是即兴吟成这两首抚今追昔、思念亲人和第二故乡江南的小诗，并挥笔题写在宫墙之上。

诗的前两句描写西太一宫周围的夏日美景。首句先写陆地、高处之所见所闻。开篇"柳叶"二字，以局部指代全体，展现一片柳树林。晚唐诗人司空图《独望》诗云："绿树连村暗，黄花入麦稀。远陂春草绿，犹有水禽飞。"此诗"绿暗"二字，即是从司空图诗的首句化出。但王安石将"绿"与"暗"二字组合成一个词，形容柳树林枝叶繁密，绿色深浓。在"柳叶"与"绿暗"之间，又嵌入"鸣蜩"。蜩，蝉，俗称知了。蝉儿正隐藏在浓绿的柳叶中鸣叫，但闻其声，不见其形。次句写低处，水上景物。酣，酒喝得很畅快叫酣，引申起来，物态饱满或事物发展到激烈程度都叫酣。"红酣"一词是王安石独创，从未有诗人用过。在"荷花"与"红酣"之间插入"落日"的意象，既点明时间已是黄昏，又加倍渲染荷花在落日斜照下红得无比娇艳、亮丽。"酣"字,可以说是用赋笔彩绘,也可以看作拟人化,写荷花像是美人喝醉了酒,脸庞儿泛起红晕。后来,南宋诗人范成大《州宅堂前荷花》诗有"凌波仙子静中芳,也带酣红学醉妆"之句,就明显是从王安石这句诗脱化而出。但两相比较,范诗用拟人手法刻画荷花似太着力,也太显露,不如王诗仅用"红酣"二字,却更生动自然、简练含蓄。

以上两句,诗人选取夏日郊野最具典型特征的四种景物,使绿暗的柳叶与夕阳下的红酣荷花形成色彩、明暗、高低的多重映衬对照,再加上"鸣蜩",从而绘出了一幅有声有色有层次感的美丽图画,显示出诗人营构和组合意象的高超艺术功力。这一联诗,"荷花"对"柳叶"、"落日"对"鸣蜩"、"红酣"对"绿暗",对得备极工切,铢两悉称。上下句平仄声调为"仄仄平平仄仄,平平仄仄平平",字字相对,音节谐美。

第二句写了水上荷花,第三句自然转到写水。三十六陂,汴京附近,有名叫"三十六陂"的蓄水塘。陂(bēi),池塘。苏轼《奉敕祭西太一和韩川韵四首》其四云:"陂水初含晓渌,稻花半作秋香。"可见西太一宫附近是有陂塘的。王安石的第二故乡江宁,那里陂塘更多。他的《北陂杏花》诗就写了"一陂春水绕花身",《北山》诗中也有"北山输绿涨横陂,直堑回塘滟滟时"。程千帆先生解释这两句说:正是眼前的三十六陂,使诗人"想到自己曾经游赏过的弥漫着春水的江南。言下之意是三十六陂的春景很像江南"(《古诗今选》,凤凰出版社,2010,441页)。霍松林先生也认为,王安石"写的不仅是眼中的水,更主要的,还是回忆中的江南春水"(《宋诗鉴赏辞典》,222页)。笔者十分赞同程、霍二先生的高见。这一句作为绝句的转捩关键,从汴京的三十六陂推出江南春水的阔大景象,并自然引起已生白发的诗人对初游西太一宫的回忆,对岁月如流、人生短暂的感慨,对父母兄弟等亲人的思念,对故乡江南的眷恋,以及不知何时能功成身退返回故乡的忧虑。一句"白头想见江南",诗即戛然而止,却蕴含着非常丰富、复杂、深沉的情意,让读者细细咀嚼和品味。

这首诗在写景抒情上成功地运用了对照和反衬的表现方法。除了上文所说柳叶"绿暗"与荷花"红酣"的强烈色彩对比外,更动人心弦的是,诗人的"白头"与绿柳、红荷以及澄碧江南春水的对比。清代诗论家王夫之说:"以乐景写哀,以哀景写乐,一倍增其哀乐。"(《姜斋诗话笺注》卷一，人民文学出版社，1981，10页）王安石此诗，可谓以美景写愁情，故一倍增其愁。王夫之又云："以写景之心理言情，则身心中独喻之微，轻安拈出。"（同上，卷二，91页）安石此诗，正是以写景之心理言情，白头人想见江南春水情景，将其抚今追昔、感时伤世、怀亲思乡之微妙心曲，含蓄传出。王夫之更曰："情景一合，自得妙语。"（《明诗评选》卷五，上海古籍出版社，2011，215页）王安石此诗"三十六陂春水，白头想见江南"一联，真情景融合之妙语也！

　　读王安石此诗，笔者自然联想到中唐诗人元稹的五绝名篇《行宫》："寥落古行宫，宫花寂寞红。白头宫女在，闲坐说玄宗。"此诗倾诉宫女哀怨，寄托对李唐王朝的盛衰之感，其题材与主题迥异于王安石的《题西太一宫壁》。但我却深深地感觉到，二诗以少总多、以乐景写哀情的表现艺术相同，还有古宫、红花、白头的意象相似，白头宫女在红花美景中闲坐说玄宗的凄寂哀怨，竟在我的眼前叠印出白头诗人王安石面对三十六陂想见江南春水的忧思感慨。我认为，王安石此诗在艺术构思、表现手法乃至营构意象上学习借鉴了元稹的《行宫》。他在高妙的融化中创新，写出了这首与《行宫》一样"语少意足，有无穷之味"（洪迈《容斋随笔》卷二评《行宫》语）的绝句杰作。

《题西太一宫壁》是一首六言绝句。明人谢榛《四溟诗话》卷二说："六言体起于谷永、陆机，长篇一韵。迨张说、刘长卿八句，王维、皇甫冉四句，长短不同，优劣自见。"可见，王维是最早创作六言绝句的。他的六言绝句，有《田园乐七首》，其六云："桃红复含宿雨，柳绿更带春烟。花落家童未扫，莺啼山客犹眠。"其后，皇甫冉有《送郑二之茅山》，顾况有《过山农家》，都是唐诗中的六言绝句佳作，但寥寥无几。宋诗中的六言绝句比唐诗多一些，但仍是凤毛麟角。盖因六言句的朗读节奏"二二二"，都是两个字一拍，虽有鲜明、整齐的长处，但缺少变化，过于单调，如果诗人不在诗句的意义、节奏上力求变化，就会给人以板滞之感，所以历代六言绝句诗数量极少，远不能与五、七言绝句相比。王维的《田园乐七首》与顾况的《过山农家》，都是通篇对仗，工整精美，但没有变化，读多了令人生厌。王安石《题西太一宫壁》这一首，用了对起散结式，前联对仗，后联散行，骈散结合；在句法上也灵活变化，前两句意义节奏是二二二，第三句是四二，第四句却换为二四句式。全篇章法紧凑，又自然流畅。

古今诗人、诗论家对王安石这首六言绝句给予很高评价。苏轼、黄庭坚都曾次韵和作。北宋人蔡絛《西清诗话》载，元祐年间，苏轼到西太一宫，看到壁上题的这首诗，注目久之，曰："此老野狐精也！"遂次其韵。南宋何汶《竹庄诗话》亦记苏轼讽咏此诗再三，并说唯黄庭坚的《次韵王荆公题西太一宫壁二首》笔力可及此诗。黄昇说："六言绝句如王摩诘'桃红复含夜雨'，及王荆公'杨柳鸣蜩绿暗'二诗，最为警绝，后难继者。近世唯杨诚斋《醉归》一章：'月在荔枝梢上，人行豆蔻花间。但觉胸吞碧海，不知身落南蛮。'雄健富丽，殆将及之。"（《玉林诗话》，魏庆之《诗人玉屑》卷十九引）近代陈衍更赞叹："绝代销魂，荆公诗当以此二首压卷。"（《宋诗精华录》卷二）笔者认为，洵非过誉之言。

"自"与"绿"的妙用

——王安石《泊船瓜洲》

京口瓜洲一水间，钟山只隔数重山。

春风自绿江南岸，明月何时照我还？

这首七言绝句，是北宋杰出政治家、思想家、文学家王安石（1021—1086）的名篇，是历来广为传诵的佳作。

泊，停船靠岸。瓜洲，在今江苏扬州市南，长江北岸，大运河入长江口处。治平四年（1067）九月，宋神宗召王安石为翰林学士。熙宁元年（1068）四月，王安石自江宁府（今江苏南京）赴汴京（今河南开封）任职，途经长江南岸的京口（今江苏镇江），在金山寺与僧宝觉会晤，并留宿一夕。宝觉是长沙人，居吴，善画能诗。王安石多次赠诗给他，晚年曾与他"共卧钟山一坞云"（王安石《示宝觉二首》其二），可知他是王安石的挚友。二人告别之后，王安

王安石像

石过江，泊船瓜洲，写作此诗，向宝觉表明心志。

要深切领悟此诗的情意，我们还应当知道王安石与江宁的关系。王安石是抚州临川（今属江西）人。景祐四年（1037），王安石十七岁，他的父亲王益任江宁府通判，他就随父定居江宁。后来王益去世，葬于江宁牛首山。自嘉祐八年（1063）王安石送其母灵柩归葬江宁居丧，到熙宁元年赴任翰林学士，这几年他也住在江宁。故此视江宁为家。

诗的首句"京口瓜洲一水间"，意思是说，京口和瓜洲虽然各在江南江北，但不过相隔"一水间"而已，距离不远。开篇便点明金山寺所在的"京口"，表示与宝觉禅师仍隔江相望，依依不舍。次句"钟山只隔数重山"，钟山，即紫金山，又名蒋山、北山，在今南京市东，这里代指江宁。重（chóng），量词；层，座。这句说，我的家在钟山下，与京口只隔着几座山，距离也不远。诗人回望的视线从京口延伸到江宁，由眷恋友人感发出思念故乡之情。这是此诗的第一个层次。

第三句"春风自绿江南岸"，通行本多作"春风又绿江南岸"。我的老师、北大吴小如教授在《关于"春风又绿江南岸"》一文中最先指出，南宋洪迈《容斋续笔》卷八所引此诗"春风又绿江南岸"非是，应依王安石诗集作"自绿"。小如师又说此诗"自"字，是用了杜甫《蜀相》"映阶碧草自春色"中"自"字的含义和用法。今存南宋詹大和《临川先生文集》、龙舒《王文公文集》、李壁《王荆文公诗笺注》等三个不同版本系统的王安石诗集，此诗均作"春风自绿江南岸"。又，王安石《与宝觉宿龙华院三绝句》自注引此诗，也作"春风自绿江南岸"。因此知洪迈所记"春风又绿江南岸"云云，实不足为据。洪迈所见实为草稿，并非定本。从诗意来看，王安石此时初离钟山，并非多年在外远游不归。"又"字无着落，故不应作"又绿"。小如师深细地比较后，认为"自绿"胜于"又绿"。他说"又……不过形容时光易逝……显得意境稍浅而用笔亦不免平直……远不如'自绿'的耐人寻味"。因为"春风自绿江南岸"写出了春风应该是有情的，而偏偏无情，"一到春天，和风自管吹绿了江南的岸草……却不管诗人思归不得的惆怅情怀"（《莎斋笔记》，东方出版中心，1999，123－126页）。我的另一位老师、北大赵齐平教授在《宋诗臆说》中阐析说："王安石诗的本意则是说，一年一度，只要季节到了就春回大地，春天按时来临，自然而然的，不烦招引，而且谁也阻挡不住。……春天如此回归有时，人的去留却不由自主。"（北京大学出版社，1993，129页）小如师、齐平师从不同角度对"春风自绿"的妙处作了精彩的解读，可以互相补充。

"春风自绿江南岸"，是触景生情，于是自然引出下句"明月何时照我还"。还，回到。这里指回到钟山下的家里。明月，在古典诗歌里常与思乡怀人相联系，如李白《静夜思》的"举头望明月，低头思故乡"，《闻王昌龄左迁龙标遥有此寄》的"我寄愁心与明月，随风直到夜郎西"；杜甫《月夜忆舍弟》的"露从今夜白，月是故乡明"。王安石这句诗向宝觉表明：他应神宗之诏赴京，一定要做一番革除社会积弊的事业，然后功成身退，还是要回到江宁来过闲居读书的生活。联系上句"钟山只隔数重山"，也是告诉宝觉，钟山离京口不远，日后他还归江宁，两人更方便经常来往。

　　胸怀匡时济世大志的王安石，何以在神宗召他入京、准备推行变法时就叹息"明月何时照我还"呢？齐平师解释说："这是由于古代士大夫往往有功成身退的思想，或者居庙堂而乐山水，东晋谢安就是这样。王安石家江宁，江宁又有谢安遗迹，他对谢安当然会有更多的向往。……《隐居诗话》记述了一个故事：'熙宁庚戌冬，王荆公安石自参知政事拜相，是日，官僚造门奔贺者，相属于路，公以未谢，皆不见之。独与余坐西庑之小阁，荆公语次，忽颦蹙久之，取笔书窗曰：霜筠雪竹钟山寺，投老归欤寄此生。放笔揖余而入。'……所以'以翰林学士召'时，不免对江宁依依不舍，想到将来的归宿——再'还'江宁。"（《宋诗臆说》，127—128页）王安石向方外友人所表达的功成身退的人生理想，是他一直坚持不懈并付诸实际的。他在推行新法受到挫折时，两次罢相，退出朝廷，都回归江宁。尤其是在第二次罢相后，他辞去"判江宁府"的官衔，在江宁府城和钟山间构筑了"半山园"，园北就靠近传为谢安故宅遗址的谢公墩。他自奉俭约，"所居之地，四无人家，其宅但庇风雨，又不设垣墙，望之若逆旅之舍"；"平日乘一驴，从数僮，游诸山寺。欲入城，则乘小舫……盖未尝乘马与肩舆也"（《宋朝事实类苑》卷四二）。王安石在十年的退休生涯中，除谈禅出游外，多是刻苦读书，勤于著述，完成了《字说》等学术著作，还写了不少笔锋老辣的书札，其绝句诗更是雅丽精绝，在艺术上臻于炉火纯青境地。可见，王安石做官，只是为了实现强国富民的政治抱负，并无贪图富贵荣华的私心。我们在这首诗中也可以体悟到他的云水襟怀与松柏气节。作为一位改革家，王安石具有昂扬进取的精神与坚忍不拔的魄力；其个性刚毅果敢，有时甚至固执专断、意气用事。但在这首小诗中，我们却能触摸到他心灵中柔软的部分。原来，这位被人称作"拗相公"的伟人，对志趣相投的方外友人，特别是对第二故乡江宁（他的父母亲长眠之地，也是给予他无尽诗情画意之地），乃至对"千里莺啼绿映红"的整个江南大地，怀抱着多么深挚的眷爱之情呵！

这首《泊船瓜洲》与诗人晚年退居江宁后的绝句相比，显得朴素、平易、自然，仿佛是诗人不假思索，信口吟成。但若仔细品味，诗中的意象、词语，大都或明或暗地用了典故、前人诗意与表现手法，却如同水中着盐，融化无迹。诗的前两句连用了"京口""瓜洲""钟山"三个地名，这使人联想到李白的《峨眉山月歌》："峨眉山月半轮秋，影入平羌江水流。夜发清溪向三峡，思君不见下渝州。"四句诗灵活地用了五个地名，借以抒发恋念故国故人的深情，王诗显然学习了李诗的艺术手段。"京口""瓜洲""一水间"都蕴含着典故或前人诗意。唐代诗人王维《送邢桂州》诗有"日落江湖白，潮来天地青"这一写景名联，此诗首联即是"铙吹喧京口，风波下洞庭"。

"瓜洲"也使人想到唐代诗人张祜的七绝名篇《题金陵渡》："金陵津渡小山楼，一宿行人自可愁。潮落夜江斜月里，两三星火是瓜洲。"至于"一水间"，齐平师解释说，"犹言'一衣带水'之间"，典出《南史·陈后主纪》："隋文帝谓高颎曰：'我为百姓父母，岂可限一衣带水不拯之乎？'"以"一衣带水"指长江，并形容其狭窄，表示不应受其阻隔（《宋诗臆说》）。笔者则从"一水间"想到了《古诗十九首·迢迢牵牛星》中的"盈盈一水间，脉脉不得语"。王安石暗用了这两句古诗，倾吐他与宝觉隔江相望的深情。至于后两句中"春风"与"明月"意象所蕴含的诗情画意，前文已作了解释。全篇从京口说到瓜洲，从瓜洲说到钟山，又由"春风自绿"引出"明月何时"，诗情恰似行云流水，自然流淌，浑然天成。再加上诗的节奏明快，音韵清朗，营造出一个深情绵邈的优美意境，使人一唱三叹，回味无穷。

《泊船瓜洲》之所以成为古代诗歌史上的名篇，还因为第三句中的"绿"字。"绿"字是形容词，在此诗里作动词用则更生动、精警。据洪迈《容斋续笔》卷八记载，王安石此诗草稿，"绿"字原作"到""过""入""满"等，前后用过十多个字，最后才定下了"绿"字。钱锺书的《宋诗选注》，程千帆的《宋诗精选》，吴熊和、蔡义江、陆坚的《唐宋诗词探胜》，张鸣的《宋诗选》，无不赞赏这个"绿"字，认为是王安石作诗精于修辞锤炼的例证。

但也有不同的看法。对于古典诗文有着深厚修养的现代诗坛巨擘臧克家，曾与我对门而居数年，他对我说过并不赞赏王安石诗的这个"绿"字。他在《一字之奇 千古瞩目——略谈"诗眼"》一文中说："我个人，对这个'绿'一直评价不高"，"我嫌它太显露，限制了春意丰富的内涵，扼杀了读者广阔美丽的想象"，"'池塘生春草'，并没点出'绿'来，'春草'当然是'绿'的。何况，'绿'字前人已先用过多次了"，"已不新鲜了"，"王安石的诗句里不用'绿'而用'到''过'字，不更蕴藉一点，给人想象的余地不更宽广一点吗？"（《臧克家古典诗文欣赏集》，北京出版社,1990,195-196页)臧老认为这个"绿"字不新鲜、不含蓄,不能给人想象的余地,确是诗家之言,有理有据,见解新颖,可以启悟读者的诗心,令人佩服。但如果对王安石此诗中的"绿"字作更具体深入的分析,我觉得臧老的意见也有可商之处,理由如下:

这个"绿"字是否已不新鲜了?的确,在王安石之前,已有诗人先用过多次,如李白的"东风已绿瀛洲草"(《侍从宜春苑奉诏赋龙池柳色初青听新莺百啭歌》),丘为的"东风何时至?已绿湖上山"(《题农父庐舍》),白居易的"春岸绿时连梦泽"(《题岳阳楼》),温庭筠的"绿昏晴气春风岸"(《敬答李先生》),唐彦谦的"春风自年年,吹遍天涯绿"(《春草》)等。但王安石的"绿"字同"江南岸"连在一起,既切合泊船瓜洲之地,又传达出江南春早的信息。因水岸易于生长春草,故"绿"字暗指春草,于是就与《楚辞·招隐士》的"王孙游兮不归,春草生兮萋萋"、王维《送别》的"春草年年绿,王孙归不归"等前人的诗意联系在一起,自然而然地引出"明月何时照我还",抒写出惜别、思归的深情。如果用"到""过""入""满"等字,就无法呈现出绿色春草的意象,从而不能引起读者那么多诗意的联想。因此,王安石诗中的这个"绿"字内涵丰富，起到了深化意境的作用。与唐人"东风已绿瀛洲草"、"东风何时至？已绿湖上山"等诗句相比较，"春风自绿江南岸"有超越，有创新，也更耐人寻味。前面说过，王安石这首诗语言很朴素，但有了"绿"这个色彩字，也就有了一只灵光四射的"诗眼"，它点染出了生机勃勃、满眼青翠的江南春色。正如臧老在文中所说："在视觉上是给人以色彩鲜明的感觉，在人心上，引起春意无涯的生趣"，这不是很美妙吗？

在写了《泊船瓜洲》之后约十余年，王安石又作了一首七绝《送和甫至龙安，微雨，因寄吴氏女子》："荒烟凉雨助人悲，泪染衣襟不自知。除却春风沙际绿，一如看汝过江时。"写他因送别弟弟而思念嫁给吴家的女儿的真挚感情。第三句不是写春风吹绿了江边沙上的野草，而是写出春风本来就是绿色的。可见，诗人不愿意重复自己，而是想象出奇，力求创新。与王安石先是政敌、后来成了好友的苏轼，他的七律名篇《有美堂暴雨》有"天外黑风吹海立"一句。这天外的黑风，同王安石笔下沙际的绿风相映成趣，都是这两位杰出诗人以幻写真、将无色之物写成有色的神来之笔。

抱负高远　气概阔大
——王令《暑旱苦热》

清风无力屠得热，落日着翅飞上山。

人固已惧江海竭，天岂不惜河汉干？

昆仑之高有积雪，蓬莱之远常遗寒。

不能手提天下往，何忍身去游其间！

　　这首诗的作者王令（1032—1059），字逢原，广陵郡（今江苏扬州）人。少有抱负，才华横溢，深受王安石赏识。可惜才高命短，二十七岁即早逝。他一生未入仕途，以教书为业，作诗多表达远大抱负和对现实的愤懑，揭露社会弊端的笔锋犀利而深刻。其诗激情洋溢，构思奇特，想象丰富，气象阔大，风格雄健峭拔，富于积极浪漫主义色彩，故被称为"宋代的李贺"。《暑旱苦热》抒写身处酷暑之中的感受和心愿，袒露出诗人忧心天下、誓与万民同甘共苦的博大襟怀与高尚情操，是王令诗的代表作之一。

"清风无力屠得热，落日着翅飞上山。"写酷热状况。屠，宰、杀。屠得热，杀退热气。着翅，插上翅膀。这两句说：清风没有能力消除酷暑之热，应落的太阳却又插翅飞上了山头。

"人固已惧江海竭，天岂不惜河汉干？"固，本来。竭，指水被晒干。河汉，天河、银河。这两句说：人类本来就害怕江海枯竭，老天爷难道就不怜惜银河也会干枯吗？诗人以"江海竭"与"河汉干"的大胆夸张和想象，极力渲染暑旱酷热已严重威胁到天下人的生存，表达他忧心民生疾苦的拳拳深情。

"昆仑之高有积雪，蓬莱之远常遗寒。"昆仑，我国西部最大的山脉。因山高，终年积雪不化。蓬莱，神话传说中东方大海里的仙岛。常遗寒，总是保留着凉寒。诗人在酷热难忍之时，自然地联想到终年积雪的昆仑山，甚至想到远离尘世、虚无缥缈的蓬莱仙岛。他怀着紧迫、焦灼的心情，要为天下人寻觅可以摆脱旱热煎熬的清凉世界。

"不能手提天下往，何忍身去游其间！"何忍，怎能忍心。身去，只身独往。这两句是诗人的内心自白，意思说：尽管有昆仑、蓬莱这样的清凉世界，但如果不能带领天下人脱离火坑，我绝不忍心独自一人去那里避暑追凉、游乐享福。

王令的诗继承了唐代伟大诗人杜甫、白居易忧国忧民的思想传统。他在《赠王平甫》诗中说："丈夫出处诚可较，却痛苍生为泪垂。"颇有悲悯民众、忘怀自我的心胸。这首《暑旱苦热》诗从暑旱苦热的角度切入，将写景、叙事、抒情、议论融于一炉，鲜明地表达他胸怀着儒家"仁者爱人""推己及人""兼济天下"的政治理想和人生抱负，也突出地彰显他要与民众同甘共苦的高尚道德情操，使读者清晰地看到一位在贫病交加中仍壮气凌云的青年诗人形象，为他的崇高志向与人格精神所深深感动，并受到巨大的激励和鼓舞。清代诗论家沈德潜说："有第一等襟抱、第一等学识，斯有第一等真诗。"（《说诗晬语》卷上）王令此诗，堪称发自"第一等襟抱"的"第一等真诗"。"不能手提天下往，何忍身去游其间"两句，可作为一切志士仁人的人生座右铭。

上文说过，王令诗闪射着浪漫主义的奇光异彩。这主要来源于诗人的个性气质、才情抱负与生活经历，但也与其诗艺深受唐代韩愈、李贺的影响有关。王令在《还东野诗》中赞赏韩诗"其辞浩大无崖岸，有似碧海吞浸秋晴空"。他的诗总体上不逮韩诗的博大无涯，但雄奇豪放，纵横恣肆，仍颇近韩风；其想象力在虚荒诞幻与幽怪奇谲方面不如李诗，而其构思的新奇与想象的瑰丽、丰富，亦深得李诗精髓。此诗开篇就像李贺诗那样想落天外，不同凡响。清风无力消除暑热和太阳应落不落，本来是极平常的自然景象，在王令的诗笔下，却由此营构出奇特惊人的意象来。一个"屠"字，用得极生动、生辣、狠重，它使"旱"具象化为"魔"，表达出诗人恨不得一刀宰掉旱魔的强烈憎恶之情。"落日着翅"，意象奇丽飞动，发人所未发，可谓戛戛独造，令人倍感诗人盼日早落的急切与对日偏不落的焦灼。从人间的"江海竭"到天上的"河汉干"，视野广袤，想象飞驰，夸张大胆，寄情沉郁。诗人质问苍天不惜河汉干，更是无理有情的妙笔。五六两句从昆仑神山想到蓬莱仙岛，由真入幻，将诗境引向理想的清凉世界。结尾两句，既是全诗主旨，又是最富于浪漫精神与气魄的点睛之笔。南宋刘克庄评此诗："骨气老苍，识度高远。"（《后村诗话·前集》卷二）近人陈衍评："觉长吉（李贺）犹未免侧艳。"（《宋诗精华录》卷一）钱锺书先生赞赏说："这种要把整个世界'提'在手里的雄阔的心胸和口吻，王令诗里常有，例如卷二《偶闻有感》："长星作彗倘可假，出手为扫中原清"；卷七《西园月夜》："我有抑郁气，从来未经吐；欲作大叹吁向天，穿天作孔恐天怒。'"钱先生还举了比王令大一辈的杰出政治家韩琦的《苦热》诗："尝闻昆阆间，别有神仙宇……吾欲飞而往，于义不独处。安得世上人，同日生毛羽！"认为王、韩二诗"意思差不多"，但韩诗"气魄就远不及"王诗（《宋诗选注》）。

王令还学习韩愈以文为诗，其古体长篇《梦蝗》《答束徽之索诗》等篇，都以赋法铺陈其事，放笔直书，多用散句，洋洋洒洒，清雄奔放，宛若高云游空，骏马注坡。《暑旱苦热》也运用了散文的句式与文言虚词，如"昆仑之高""蓬莱之远""人固已惧""天岂不惜"。但这首七言古诗却更多地吸收了近体七律的体式特征。全诗仅有八句，如同七律的四联，通首双句押平声韵，且一韵到底。一句之中和两句之间虽不讲究平仄的相间与相对，却在前六句借用了律诗的对仗技法。一二句句型和词性对得工整，诗意流贯而下，构成流水对；三四句"人固已惧"对"天岂不惜"，"江海竭"对"河汉干"，用反对法，更精切，可谓工妙自然。五六句仍是对仗，却有意用位置相同的两个"之"字化解，使之成为排比句。金性尧先生《宋诗三百首》还指出，这四句"江海与河汉、昆仑与蓬莱皆以实对虚，以人间对天上"（上海古籍出版社，1986，126页）。到了七八句才化骈为散。这样，此诗既有古体诗和散文自由、峭劲、骨气老苍之美，又有七律诗凝炼、紧凑、整饬以及对偶的张力。全诗疾徐抑扬的节奏，亦有效地传达出诗人情绪的起落变化。这些都体现了王令大胆的艺术创新精神。

《四库全书总目·〈广陵集〉提要》曰："（王）令才思奇轶，所为诗磅礴奥衍，大率以韩愈为宗，而出入于卢仝、李贺、孟郊之间，虽得年不永，未能锻炼以老其材，或不免纵横太过，而视局促窃窃者流，则固偶偶乎远矣。"钱锺书认为王令"大约是宋代里气概最阔大的诗人了"（《宋诗选注》）。读了这首豪气干云的《暑旱苦热》，我们可以体会到前人对王令及其诗歌的这些评价是简明精切的。

雪泥鸿爪　妙喻人生
——苏轼《和子由渑池怀旧》

　　宋仁宗嘉祐元年（1056），苏轼与弟苏辙（字子由）赴汴京应举，经过渑池（今属河南），寄宿于老僧奉闲之舍。嘉祐六年十一月，苏轼被任为凤翔府（今属陕西）签判，苏辙送行到郑州。分手后，苏轼行经渑池，收到苏辙归京后寄来的七律诗《怀渑池寄子瞻兄》："相携话别郑原上，共道长途怕雪泥。归骑还寻大梁陌，行人已度古崤西。曾为县吏民知否？旧宿僧房壁共题。遥想独游佳味少，无言骓马但鸣嘶。"苏轼写了这首《和子由渑池怀旧》回寄，诗云：

　　　　人生到处知何似？应似飞鸿踏雪泥。
　　　　泥上偶然留指爪，鸿飞那复计东西。
　　　　老僧已死成新塔，坏壁无由见旧题。

往日崎岖还记否？路长人困蹇驴嘶。

　　诗的首联说，人生随处飘泊好似什么？应当似那飞行途中的鸿雁暂时歇息在雪泥上。苏轼有许多好诗，开篇即如天外奇峰，陡然飞来。这首诗开篇不写兄弟离别和渑池怀旧，却突兀而起，对于飘泊人生发出提问，起笔超拔，有高屋建瓴之势，顿时紧扣读者心弦。次句回答提问，表达他对飘泊人生的感悟，但并不是直接抽象地议论说理，而是用了"飞鸿踏雪泥"这个从未有人用过的生动新颖的比喻，将他的哲理感悟蕴含其中。这个比喻是由苏辙原诗的"雪泥"二字引发的。苏轼浮想联翩，变实写为虚拟，创造出虚幻飘渺、神奇浪漫的喻象"飞鸿"，真是诗心灵慧，妙不可言。为什么飘泊人生恰似"飞鸿踏雪泥"呢？颔联作进一步描写和阐释。这两句说：鸿雁偶然在雪泥上留下指爪，但雪消泥融，它的爪迹很快就会消失；鸿雁是向东还是向西飞，它自己不会考虑也无法计较，就渺然不知去向了。南宋魏庆之《诗人玉屑》卷十七引北宋江西派诗人韩驹《陵阳室中语》，称苏轼写诗"长于譬喻"，即举这首诗作例证。从"飞鸿踏雪泥"到"泥上留指爪"，再到"那复计东西"，苏轼对"飞鸿"这个奇幻的意象层层铺写，妙想连珠，以飞鸿的行止状态，对人生的偶然无定、生命的短暂及命运的难测，作出生动含蓄、富于诗意的表达，引发人们无尽遐想与思索，彰显出苏轼敏妙超凡的艺术想象力。清人施补华《岘佣说诗》云："人所不能比喻者，东坡能比喻；人所不能形容者，东坡能形容。比喻之后，再用比喻；形容之后，再加形容。""雪泥鸿爪"正是"人所不能"的奇比妙喻，又是"比喻之后，再用比喻"，堪称苏诗善用比喻的绝佳例子。

周裕锴先生还指出：在佛经中，"空中鸟迹"是很常用的意象之一，比喻空无虚幻或缥缈难久。此诗的"雪泥鸿爪"也受到佛经的影响。禅宗公案常用具象语言回答抽象问题。此诗开篇两句，完全可以改写成禅宗公案的形式。可见，苏轼在二十六岁时写的这首诗就充满了深沉的禅意玄思（参《佛法大意知何似？应似春来草自青》，《古典文学知识》2016年第3期）。论析有力，笔者赞同。

被宋人严羽《沧浪诗话》誉为唐人七律第一的崔颢《黄鹤楼》诗前四句云："昔人已乘黄鹤去，此地空余黄鹤楼。黄鹤一去不复返，白云千载空悠悠。"全用古体诗句法，不讲平仄和对仗，"去"字两出，"黄鹤"二字三用，造成辘轳相转、一气贯下的节奏，清人沈德潜称为"意得象先，神行语外，纵笔写去，遂擅千古之奇"（《唐诗别裁集》卷十三）。苏轼诗的前四句，也在句法、格律上有意创新出奇。次句句尾"雪泥"与三句开端"泥上"用了顶真格，使首联与颔联紧密衔接，"如骊龙之珠，抱而不脱"（元杨载《诗法家数》）。三四句以"泥上"与"鸿飞"相对，不求对仗工稳而求句意自然连贯。而"何似"与"应似"、"雪泥"与"泥上"、"飞鸿"与"鸿飞"的叠用，也有回环往复、盘旋流畅之妙。清人纪昀评点《苏文忠公诗集》卷三评此诗云："前四句单行入律，唐人旧格。而意境恣逸，则东坡本色。浑灏不及崔司勋《黄鹤楼》诗，而撒手游行之妙，则不减义山《杜司勋》一首。"评得精切。

与崔颢的《黄鹤楼》一样，苏轼这首诗的后四句，也由放转收，整饬归正，扣住"渑池怀旧"题意，在叙事写景中抒情，以自己所见所闻所忆来印证与深化"雪泥鸿爪"的喻意。苏辙原诗有自注云："辙昔与子瞻应举，过宿县中寺舍，题其老僧奉闲之壁。"苏轼作本诗时，奉闲已去世。所以诗的颈联说：老僧已死了，只能见到埋葬他骨灰的新建佛塔；在僧房的断垣残壁上，我俩旧日的题诗也无从寻找了。上句抒发对慈善老僧的深情缅怀，并印证人生短暂；下句表达不见旧日题诗的怅惘，也深化陈迹易消、世事无常的感触。这一联用反对法，"已死"对"无由"、"新塔"对"旧题"，对仗十分工巧。尾联，苏轼自注说："往岁马死于二陵，骑驴至渑池。"往岁，往日，皆指嘉祐元年赴京应试时。二陵，在渑池县之西的崤山。《左传》僖公三十二年载："崤有二陵焉。其南陵，夏后皋之墓也；其北陵，文王之所避风雨也。"蹇驴，指步履疲艰的驴子。蹇，跛足。这两句说：子由，你还记得当年在崎岖道路上跋涉的困顿情境吗？路是那么遥远，人是那么疲惫，连我们骑坐的病驴也悲声嘶鸣啊！上句用真率深情的口吻呼唤并提醒苏辙，要记着往日赴京应举在崎岖路上的艰难跋涉；下句用二二三句式、抑扬顿挫的音调节奏，连续叠现艰难跋涉的镜头，兄弟二人互相勉励、比肩奋进的情景宛然在目。这是以景结情的实写之笔，但又仿佛蕴含着隐喻、象征意味。青年苏轼从昔日与当前的崎岖旅途，已深深体验了人生飘泊的艰难、弟兄远别的悲苦，并且预感到未来人生道路将有更多的坎坷险阻。这四句与前四句虚实相生，桴鼓相应，全篇圆转流动，浑然一体。施补华《岘佣说诗》评："东坡七律，一气相生旋转自如之作，最为上乘。"这首《和子由渑池怀旧》，即是典型一例。

如果将苏轼此诗同苏辙原作相比较，更能显出苏轼诗的高明。苏辙原诗渗透着对兄长的眷怀、思念之情，颇为感人。但全篇句句抒写离别情事，拘泥于写实，未能从中提升出对人生飘泊的哲理思考，诗的意蕴显得浅薄。苏辙的想象力远不及苏轼，在叙事抒情中未能营造生动新颖的意象，故而诗的审美魅力与韵味不足。苏轼和诗要步苏辙诗原韵，写作难度很大，但他才华横溢，笔墨挥洒自如，不受格律的束缚，能以其天马行空般的艺术想象力营构奇妙的"雪泥鸿爪"喻象。情、景、理融于一炉，使这首诗内涵丰富深邃，意境自然高妙，鲜明地体现了东坡的思想与艺术个性。

元·吴镇《芦花寒雁图》

读苏轼这首诗还使我联想到被公认为继里尔克之后最杰出的德语诗人保罗·策兰（paul celan）的短诗名篇《雪的款待》："你可以充满信心地/用雪来款待我/每当我与桑树并肩/缓缓穿过夏季/它最嫩的叶片/尖叫。"中国当代诗人、诗论家王家新评析说："在这首诗里，自然的意象成为人生的隐喻。带雪的冬天作为一个尽头、一种向度首先出现，但诗人所在的是葱茏的夏天，他缓缓穿过它，并听到了'它最嫩的叶片/尖叫'。正是这种生命绽放时发出的'尖叫'声，留住了一个诗人。……而且一下子调动了我们对生命的体验。"（王家新《雪的款待》，北京大学出版社，2010，107页）两首诗所描写的情境并不相同，但都用自然意象作为人生的隐喻并以此开篇；在章法结构上都是先议后叙，由思今到怀旧；诗的结尾嫩叶尖叫与蹇驴嘶鸣；尤其是诗人的人生感悟、生命体验以及对未来的洞见，带给作品某种预言家和先知的味道，这两首诗很相似。可见，古与今、中与外、传统与现代，在杰出诗人水晶般的诗心中，都是相通相映的。"雪泥鸿爪"容易消失，但苏东坡写于九百五十年前的诗，却是一位天才的诗魂永留世间的痕迹。而在这首诗中，我们分明听到了现代人普遍的心声！

系风捕影　状瞬间变动之景
——苏轼《六月二十七日望湖楼醉书》

　　气象万千、时空无限的天地自然，时常呈现稍纵即逝的动景，或演出美妙迷人的活剧。唯有才情敏捷、运笔如风的诗人和画家，才能迅速捕捉和生动表现这种刹那变幻的物象景观。苏轼的《六月二十七日望湖楼醉书五绝》（其一）就是这样的杰作。诗云：

　　　　黑云翻墨未遮山，白雨跳珠乱入船。
　　　　卷地风来忽吹散，望湖楼下水如天。

　　这首诗作于宋神宗熙宁五年（1072）苏轼任杭州通判时。热爱生活、钟情大自然的诗人陶醉于西湖秀丽的山光水色之中，留下许多写景佳篇。本篇题中"望湖楼"，又名看经楼，在西湖畔昭庆寺前，为五代吴越王钱氏所建。

六月二十七日，苏轼在望湖楼上喝醉了酒，举目眺望湖景。突然，一场暴雨从天而降，但瞬息之间，风吹雨霁，依旧湖天一碧。诗人创作的灵感兴会立即喷薄而出。苏轼主张"作诗火急追亡逋，清景一失后难摹"（《腊日游孤山访惠勤惠思》），又曾提出"求物之妙，如系风捕影"（《答谢民师书》），最乐于追蹑这种稍纵即逝的动景。于是，他在醉意微醺中挥动诗笔，创作出这首脍炙人口的绝句。

全篇表现夏日西湖暴雨速来疾去之奇。一句一景，从诗人奇纵的笔势中，联翩涌出。首句写乌云漫卷，像是天公打翻了大桶墨汁，浓黑的一团，尚未遮住青翠明丽的山峦。次句，白色的急雨就已从空中洒落，只见无数闪亮的珍珠乱纷纷地迸跳入船中。三句，一阵清风卷地而来，眨眼之间，便把云和雨都吹散了。结句，又回归原先的风平浪静，望湖楼下，水天一色。四句诗描摹一个个急速变化的场景，它们紧密衔接，一气呵成，令人耳目耸动，应接不暇。前三句写动景，连续选用了"翻""遮""跳""入""卷""来""吹""散"八个动词，还有渲染动态迅疾的"未""乱""忽"等虚词，造成急骤的节奏转换。而第四句，由雨转晴，由动景变静景，句中无一动词，诗的节奏也转为纾徐舒缓，声情谐合，正好表现出水天一色的澄明宁静景色。中唐诗论家皎然在探讨诗歌如何表现自然美时，提出"状飞动之趣"（《诗式》），使诗歌"气腾势飞"（《诗议》）。苏轼这首七绝，笔飞墨舞，奇景壮观连续变换，确有飞腾气势与飞动趣致，正是他"作诗火急追亡逋"的诗美追求及其"系风捕影"的高明手段的成功实践。

诗人描摹山水景物形态的瞬息转换已很不容易，而山水景物光色的闪烁变幻更难捕捉。但苏轼有一颗诗人的敏感心灵和一双画家的锐利眼睛，有丰富奇妙的艺术想象力，还有一枝"爽如哀梨，快如并剪"（赵翼《瓯北诗话》）的天生健笔，所以他能以自然妥溜又清新精妙的语言，把山水景物的形态与光色变化，一起生动逼真地表现出来。这首诗前两句写"黑云"，用"翻墨"比喻；写"白雨"，以"跳珠"形容。这两个喻象是人们日常生活中习见的，诗人信手拈来，生动贴切、新颖美妙、又活泼有趣，将黑云和白雨的形状、动态、光色乃至声音都显现在读者眼前耳际，黑与白对比，色彩鲜明亮眼，加上"翻墨""跳珠"这一对虚实相生的意象，给予读者极大的视觉冲击力。而结句"望湖楼下水如天"，前四字点题，并点出在楼上观景醉书的诗人自我；后三字毫不着力，十分轻巧地摹

清·黄慎《东坡屐笠图》

状出雨晴后湖上水天相映的平静景象与澄碧色彩。通篇写景，真达到了宋初诗人梅尧臣所谓的"意新语工，得前人所未道"，"状难写之景，如在目前"（欧阳修《六一诗话》）的高妙境界。

至此，可以这样说，苏轼这首小诗，以听觉节奏与视觉节奏的奇妙交响，把诗人的心灵音乐与画家眼中的色彩完美结合起来了。全篇并无一字抒情，但诗人对大自然的热恋情怀，对西湖旖旎风光的无限喜爱，以及他在观赏奇景中的狂姿醉态，无不漫溢于诗的字里行间。清代褚人获《褚氏杂说》评此诗："阴阳变化开阖于俄顷之间，气雄语壮，后人不能及也。"王文诰辑注《苏轼诗集》卷七论曰："随手拈出，皆得西湖之神，可谓天才。"洵非过誉之言。

苏轼在《书吴道子画后》中提出，诗画创作都应力求"出新意于法度之中，寄妙理于豪放之外"。那么，他这首写景小诗是否别有深意与哲理？我认为，联系苏轼写诗时的政治处境和他的许多写景佳作的思想艺术特点，可以得出有根据有价值的肯定性答案。熙宁二年（1069），苏轼守父丧终，还朝任职，正值宋神宗任用王安石变法。苏轼的改革思想与王安石的变法主张有重大分歧。如王安石主张"大明法度"，抑制"兼并"，堵塞"利孔"，理财整军，迅速推行。苏轼则将"安万民"视为治国之根本，反对"与民争利"，强调民生先于财政与军制；还提出"欲速则不达"，"轻发则多败"，其兴革步骤力主稳健。他连续上书反对变法，触怒了王安石，因遭排挤、打击。熙宁三年，王安石指使姻亲侍御史知杂事谢景温诬告弹劾苏轼，虽查无实据，但神宗对他的印象已经不好。此时朝廷危机四伏，苏轼自感难以见容于新党，随即请求外调，次年被任命为杭州通判。在苏轼看来，王安石的变法太过迅疾激烈，加之用人不当，势必流弊丛生，以失败告终，正如夏日杭州的一场暴风骤雨，来势汹汹，去也匆匆，北宋政局很快会像水天一色般清明。因此，苏轼这首山水诗所写之景，有隐喻象征党争的政治意蕴。

苏轼是有远见卓识的政治家，更是具有大智慧的哲人，其思想兼融贯通儒、道、释三家。他的许多诗歌常从描写自然风景和日常生活小景中升华到哲理的高度。如《和子由渑池怀旧》《饮湖上初晴后雨》《东坡》《题西林壁》《慈湖夹阻风》等，都是景中寓理的佳作。其所寄寓之哲理，或提出关于认识事物的方法，或揭示美的本质与现象的关系，或思考世路艰难，或慨叹人生命运的偶然无定，等等。这些诗中所包蕴的哲思理趣，早已为历代读者认知并做出许多精彩的阐析。这首《望湖楼醉书》诗，就引发我们感悟并思考人的境况命运正如大自然一样风云变幻，晴雨不定，但只要冷静观察，微笑对待，前途终将是光明美妙的。志存高远的苏轼当时虽身处逆境，但尚未遭受厄运与磨难，他对政局前景与其人生未来还是很乐观的。这首诗的政治意蕴与人生哲理，含蓄不露，其象外之意、弦外之音，须得读者细加思考与回味。

妙用博喻画轻舟急流
——苏轼《百步洪二首》其一

长洪斗落生跳波，轻舟南下如投梭。

水师绝叫凫雁起，乱石一线争磋磨。

有如兔走鹰隼落，骏马下注千丈坡。

断弦离柱箭脱手，飞电过隙珠翻荷。

四山眩转风掠耳，但见流沫生千涡。

崄中得乐虽一快，何异水伯夸秋河。

我生乘化日夜逝，坐觉一念逾新罗。

纷纷争夺醉梦里，岂信荆棘埋铜驼。

觉来俯仰失千劫，回视此水殊委蛇。

君看岸边苍石上，古来篙眼如蜂窠。

但应此心无所住，造物虽驶如吾何。

回船上马各归去，多言诮诮师所呵。

苏轼这首《百步洪》诗作于宋神宗元丰元年（1078）十月，诗人时任徐州太守。百步洪在徐州东南二里，为泗水流经徐州城外一段，乱石激涛，水势湍急，最为壮观，今已不存。苏轼与友人参寥（即诗僧道潜）放舟百步洪后作二诗，一以赠参寥，一以赠王定国（即王巩，工诗，与苏轼交谊颇厚），此是其第一首。原有序，文长不录。

这是一首七言古诗，可分为两大段，由开篇到"何异水伯"句是前半段，写舟行洪中的惊险与快乐。开头四句写长洪被乱石所阻激，陡然下落，波浪腾跳。斗落，即陡落。船在急流中下行，就像投掷梭子一样。船工大声呼喊，水边的野鸭、大雁也都惊惶飞起。两岸乱石壁立，犬牙交错，急流狭窄如线，乱石与水相磋相磨。次四句描写轻舟驶洪之迅疾，像狡兔疾走，鹰隼猛落，骏马奔下千丈险坡，又似断弦离柱，飞箭脱手，飞电闪过空隙，水珠在荷叶上跳跃。"四山眩转"等四句写诗人在船上的感受：仿佛四面的山峰都在旋转，急风呼呼掠过耳边，但见流沫飞溅，眼底百漩千涡。流沫，激浪荡起的泡沫。用《庄子·达生》"孔子观于吕梁，悬水三十仞，流沫四十里"语。"崄"，同险。"水伯夸秋河"，"水伯"即河伯。《庄子·秋水》说："秋水时至，百川灌河。泾流之大，两涘渚崖之间，不辨牛马。于是焉河伯欣然自喜，以天下之美为尽在己。"苏轼用《庄子》这个典故，说险中得乐虽说使人精神为之一快，但与河伯夸秋河没有什么区别，实在微不足道，不值得夸耀。这两句承上启下，总结形容水势的前文，转而在后半篇纵谈哲理。

后半段是哲理议论。"我生"二句，"乘化"语出陶渊明《归去来兮辞》："聊乘化以归尽。""日夜逝"，语本《论语·子罕》："子在川上曰：逝者如斯夫，不舍昼夜。""一念逾新罗"典出《景德传灯录》卷二十三，有僧问从盛禅师："如何是觌面事？"师曰："新罗国去也。"逾，越。新罗，朝鲜古国名。这两句说，轻舟飞驰而下，其实并不算快，人的生命随着自然的运转消失更快，好比水不舍昼夜地流逝；而人的意志不受空间限制，一转念间便可到达万里之外。言外之意是：生命只能听任自然支配，意志则可以由自己掌握。"纷纷"两句，"荆棘埋铜驼"典出《晋书·索靖传》："靖有先识远量，知天下将乱，指洛阳宫门铜驼，叹曰：'会见汝在荆棘中耳！'"这里感叹世人纷纷攘攘，争权夺利，犹如在醉梦之中，谁能相信世事翻覆，变化极快，那象征权力富贵的铜驼，很快就被埋在荆棘丛中呢！"觉来"二句，觉来，犹觉后。俯仰，喻时间短暂。劫，佛家语，"劫波"之省略，为记时之名。佛家把世界的成、住、坏、空循环往复一个周期称为一劫。千劫，极言时间久长。"委蛇"（古音读作tuó），从容舒缓的样子。《诗经·召南·羔羊》："委蛇委蛇，自公退食。"这两句是说，时间流逝很快，等到觉悟过来，才明白俯仰之间，千劫已失；再回头看这百步洪，反倒觉得十分缓慢了。

"君看"二句说，请看岸边苍石上，竹篙撑船留下的眼窝密如蜂房，古人陈迹尚在，而人则早已不存了。言外之意，我们的游踪，也将转瞬即逝。"但应"两句，无所住，佛家语，谓迁流不止，无所拘执。《金刚经》："应无所住，而生其心。"《坛经》云，禅宗法门，"无住为本"。这两句说，人不应当沾滞于外物，而应解脱世俗事务的束缚，使心无所执著，求得精神上的自主和自由。那么，主宰一切的造物主无论使世界怎样急速变动，又其奈我何！结尾两句，"谂谂"（náo náo），多言貌。师，指参寥。呵，斥责。这首诗的后半篇全是对参寥说的。所以这两句说，我们就要离船上马各自归去，再多说多辩，参寥禅师一定要呵责了。

从以上逐句的解说不难看出，这首诗是苏轼放舟洪流、险中得乐而引发诗兴，纵谈他对自然、宇宙与人生的哲理思考。儒家思想是苏轼出仕从政的主导思想，但他从少年时代起便也深受佛、道思想的濡染。这三种思想在苏轼的内心中经常发生矛盾冲突，此消彼长。由于与王安石变法派政见分歧，受到排挤打击，苏轼自请外任，从杭州又移知徐州。这时，儒家积极入世的精神仍是他的主导思想，但因抑郁失意，不时流露出佛老超尘避世的思想情绪。在这首诗中，苏轼就百步洪的急流逝水谈名理，即切入了道家"乘化"和佛家"无住"的观念。他认为，自然宇宙运动变化不息，是永恒无限的；人生世事顺着自然变化，也急如逝水。但那些陷入世俗争夺中的人，却如醉如梦，他们不知道富贵权势是短暂的。既然人的生命、人事活动转眼即成云烟逝水，那么，人的心灵就不应为外物所役，而要委运任化，随遇而安。这样，造物虽驶，自己却不忧不惧，保持乐观的人生态度和超乎尘垢之外的逸怀浩气。于是，从本质上是消极的佛老思想，在苏轼身上却起了积极的作用（当然也有消极的一面）。在这首诗中，我们既领悟了苏轼对自然、宇宙、人生所作的辩证、智慧的哲理，又感受到他旷达洒脱的胸襟和热爱自然、险中作乐的盎然生活情趣。因此，这首《百步洪》就不只是描写大自然奇观险境的山水诗，更是一首构思巧妙、感情奔放、思想深邃的哲理诗。应当指出，诗后半篇的哲理议论确实多了些，但不是诗人生硬添加，而是在前半篇对急浪轻舟的摹写中自然引发；后半篇"回视此水殊委蛇"等句，又注意照应、翻转前文对洪流的描写。诗人在议论中融入情趣，并尽可能地用典象和兴象表达出来。不仅有"水伯夸秋河""荆棘埋铜驼"等典象，更有足以感发思古之情的"篙眼"。诗人以其灵敏的"诗心""诗眼"感受、发现并捕捉住这岸边苍石上的"篙眼"。这个平常而新奇的意象，把古往今来人事俯仰即成陈迹的意蕴表达得多么生动精警，令人惊心动魄！正如近代陈衍所评："就眼前'篙眼'指点出（禅意），真非钝根人所及矣。"（《宋诗精华录》卷二）结尾两句语调轻松幽默，恰与开篇惊险紧张对比、映照。总之，全篇写景抒情说理，"如行云流水"，"行于所当行"，"止于所不可不止"，真是"文理自然，姿态横生"（苏轼《答谢民师书》）！

《百步洪》诗所以成为东坡七古中的杰作，被历代诗家、读者喜爱赞赏，其主要原因，乃是诗人巧妙运用博喻画出了轻舟急流。博喻是比喻中的一种，即用一连串不同的喻体形象来比附一个具体事物、一个抽象的概念，或一种情绪、道理。反复的巧譬妙喻能使诗的意象多姿多

武夷山九曲溪的"篙眼"，是艄公常年撑渡而成

彩，从而凸显出本体的特征，使读者获得强烈、深刻的印象和感受。中唐的韩愈，是很擅长运用博喻的诗人。他的《南山诗》和《陆浑山火》《送无本师归范阳》等诗所用喻象数量之繁多与密集，在古代诗史上，可谓前无古人。如《南山诗》中连用以"或"字领起的五十多个比喻句，竭力铺张排比山势的峻险，拟物取象，穷极状态，雄奇纵恣，光怪陆离，为诗家独辟险境，但因过分逞奇、肆意堆砌，加上爱用诘屈聱牙的僻词怪字，大大地损伤了诗的真美、自然和艺术感染力，甚至令人难以卒读。宋初诗人梅

尧臣有一首《晚云》诗云："默默日脚云，断续如破滩。忽舒金翠尾，始识秦女鸾。又改为连牛，缀燧怀齐单。伺黑密不嚣，额额城未剜。风吹了无物，犹立船头看。"全篇把晚霞比喻为破滩、凤凰、火牛阵、奇兵围城、穴道未通等。这一连串生动新奇的喻象色彩鲜明，变幻多姿，状难写之景如在目前，堪称妙用博喻的佳作，但诗的动感不足，节奏缓慢，句式也缺少变化错综之美。苏轼学习、借鉴了前人运用博喻的艺术经验，又大胆创新。韩、梅以博喻写静止的山峦与缓动的晚云，苏轼却用博喻写奔腾迅疾的洪水轻舟；韩、梅诗的博喻，夹杂了不少来自神话传说与历史故事的典象，读者往往不易理解，苏轼博喻中的喻象，虽也接二连三，五花八门，但绝大多数是人们在日常生活中习见熟悉的，故而倍感亲切自然。

苏轼善写动景。他写山，往往化静为动，更喜欢描画流动不息、变态无穷的水。他在《书蒲永升画后》一文中，精辟地总结了唐宋画家画水的艺术经验，认为要画"活水"，"画奔湍巨浪"，"作输泻跳蹙之势"，"与山石曲折，随物赋形，尽水之变"，并能自"出新意"。这首《百步洪》中的"有如兔走鹰隼落"四句，连用七个动态迅疾的意象来比喻轻舟激流起伏跌宕、飞跃腾跳、一泻千里的壮观与气势，令人拍案叫绝！正如钱锺书先生《宋诗选注》所评："四句里七种形象，错综利落，衬得《诗经》和韩愈的例子都呆板滞钝了。"所谓"错综利落"，就是或一句一喻，或一句两喻，句法松紧变化。除了"有如"这个虚词外，四句诗全用名词、动词及用作形容词的动词，没有一个虚词，诗句节奏急速，活泼流走，亦如洪流奔泻，涛翻浪涌。真是奇情喷薄、奇气碑兀、奇势迭出！清代纪昀评：

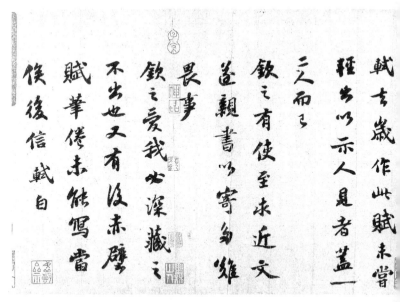

苏轼行楷书《前赤壁赋》跋尾

"只用一'有如'贯下，便脱去连比之调；一句两比，尤为创格。"又赞曰："语皆奇逸，亦有滩起涡漩之势。"（《纪批苏诗》卷十七）评得生动精到。

当然，苏轼摹写百步洪并不只是运用博喻。开篇"长洪斗落生跳波，轻舟南下如投梭"等四句，起得突兀，主要用白描写生之笔，点了题，又画出长洪陡落、浪花跳荡、轻舟南下的惊险态势。这里已先用了"如投梭"一个明喻。清代赵克宜评"水师"二句说："此联写得极有声势，方能振起下文。"（《角山楼苏诗评注汇钞》卷八）而"四山眩转风掠耳，但见流沫生千涡"两句，写他在轻舟激浪中感到四面山峰都在旋转，急风掠耳，唯见流沫飞逝，生出百漩千涡。有了这样真幻结合、虚实相生、感受独到的意象群，表现轻舟行洪的情景就更真切生动，淋漓尽致，动人耳目又撼人心魄，使读者恍若身临其境，与诗人一起飞越急流，险中得乐。

苏轼在《跋蒲传正燕公山水》一文中说："山水以清雄奇富，变态无穷为难。"这首《百步洪》诗，正是具"清雄奇富，变态无穷"艺术风格的画水杰作。

诗心喜田野　无穷出清新
——苏轼《新城道中》

　　苏轼山水诗最多也最好，他也写了一些农村诗，其中不乏佳篇。宋神宗熙宁六年（1073）二月，苏轼任杭州通判时巡视杭州属县，写了《新城道中二首》，其第一首堪称苏轼农村诗的杰作。诗云：

> 东风知我欲山行，吹断檐间积雨声。
> 岭上晴云披絮帽，树头初日挂铜钲。
> 野桃含笑竹篱短，溪柳自摇沙水清。
> 西崦人家应最乐，煮芹烧笋饷春耕。

　　这首诗是苏轼从富阳赴新城道上写的。新城，即今浙江省富阳县新登镇，在杭州西南。诗人以清新活泼的笔墨描写了春日农村的明媚风光和农民们愉快耕作的情景。诗的第七句"西崦人家应最乐"的"乐"字,是神光所聚、照映全篇的"诗眼",诗中每一句都洋溢着诗人为锦绣农村和欢乐农民所感染的欣慰之情。读这首诗,我们也如沐春风,如品春茗,顿觉神清气爽,心中充盈着美好的诗情画意。

首联点明诗人赴新城是在久雨初晴的春晨。但诗人并非平淡地叙述,而是从"东风"落笔,将它拟人化,说东风似乎知道我将要到山村去,就有意吹断了檐间久雨的淅沥之声。在诗人的笔下,东风成了他的知心朋友,为他的山行特地安排了晴朗的天气。诗一开篇便破题巧妙,诗情浓郁,为全篇定下愉悦的感情基调和轻快的旋律节奏,给下面三联的描写做好了铺垫。同是以写春风发端,苏轼的恩师欧阳修的七律名篇《戏答元珍》首联云:"春风疑不到天涯,二月山城未见花。"诗评家评为"起得超妙","妙在倒装","先问后答";苏轼此诗起笔似乎要与恩师争胜,蹊径独辟,妙趣横生,也获得了历代诗评家的赞赏。元代方回说:"起句十四字妙。"(《瀛奎律髓》卷十四)清代陆次云说:"起得最好。"(《唐宋诗本》卷六)纪昀说:"起有神致。"(《纪批苏诗》卷九)

颔联紧承首联,写他在山道上早行所见景色。铜钲

（zhēng），铜锣。这两句写景运用比喻手法，喻象新鲜有趣。上句说，久雨初晴，山头白云缭绕，好像戴着一顶白色絮帽。唐代韩愈《晚寄张十八助教、周郎博士》诗有"晴云如擘絮"句，杜牧《长安杂题》诗有"晴云似絮惹低空"句，苏轼化用了韩、杜的"晴云似絮"，进而喻为"絮帽"戴在山头上，形象更新奇，也增添了幽默感。下句说，初升的太阳如一面金灿灿的铜锣挂在树梢。苏轼《铁沟行赠乔太博》有"山头落日侧金盆"句，同样以金色圆盆比喻太阳。南宋范成大《新岭》诗云："酿愁积雨寒，破闷朝日放。瞳瞳赤帜张，昱昱金钲上。"亦以金钲喻日，显然受到苏轼的影响。但相比之下，"树头初日挂铜钲"句著一"挂"字，形象尤为生动。对于苏轼这联诗的"絮帽"与"铜钲"两个比喻，古代的诗评家竟然都表示不满，并给予讥评与嘲讽。如方回说："三四颇拙耳。"（《瀛奎律髓》卷十四）陆次云说："……'絮帽''铜钲'语……不可为法。"（《唐宋诗本》卷六）汪师韩说："'絮帽''铜钲'未免著相矣。"（《苏诗选评笺释》卷二）纪昀说："……'絮帽''铜钲'究非雅字。"（《瀛奎律髓刊误》卷十四）洪亮吉说："东坡如'岭上晴云披絮帽，树头初日挂铜钲'诸联，独非恶诗乎？且非独此也，'铜钲'又属凑韵。"（《北江诗话》卷五）赵克宜说："（'絮帽''铜钲'）取譬极拙，直是小儿语。俗人所赏偏在此等，诗道之所以不振也。"（《角山楼苏诗评注汇钞》附录卷中）其实，对苏轼这两个比喻的指责，正表现出这些诗评家一味追求高雅与典雅、绝对排斥通俗的偏狭审美趣味。他们不懂得雅与俗的艺术辩证法，也不能理解苏轼这位伟大诗人审美趣味的包容性和多样性，以及他在诗词创作上"以俗为雅"、雅俗结合的艺术追求。因此，他们的批评是不中肯的，保守偏颇的。钱锺书先生在《诗取鄙琐物为喻——滑稽诗一体》这则札记中指出："取譬于家常切身之鄙琐事物，高远者狎言之，洪大者纤言之，初非独游戏文章为尔。……苏轼《新城道中》：'岭上晴云披絮帽，树头初日挂铜钲。'"（《管锥编》第2册，中华书局，1979，748页）絮帽和铜钲这两个喻体，正是农家日常生活习见的"鄙琐事物"。岭上晴云，诗人喻为絮帽，切身可爱，正是"高远者狎言之"；树头初日，诗人比成小而圆的"铜钲"，岂非"洪大者纤言之"？钱先生别具慧心，见解精辟。诗人把这两种农村常见物写入农村诗中，又将它们组织成对仗联，形成大小、高低、远近、白色和金色的对比映照，于是在平常中显出了奇趣与谐趣。这谐趣，就近似于钱锺书先生所说的"滑稽"。此种情趣风格，正与首联和谐一致，并且是首联的承接与发展。当代著名诗人兼诗论家流沙河赞赏唐代神童诗人李贺《秦王饮酒》中的名句"羲和敲日玻璃声"，说是李贺盯着太阳那炫目的强光，在想象中听见的玻璃声，写出这神来之句。他接着说："李贺明说太阳有声如敲玻璃，苏轼借去，在《新城道中》诗里⋯⋯久雨乍晴，太阳金灿灿的如一面铜锣挂在树梢。比喻新鲜，暗示太阳有声如鸣锣，更妙。太阳巡天，鸣锣开道，比敲玻璃又好多了。"（《十二象·无理的幻听》，三联书店，1987，77-78页）流沙河以其敏感的诗心和渊博的诗艺修养，感受并发掘出苏诗"树头初日挂铜钲"句无理有情的幻听之美，比古代的诗论家高明多了。

诗的颈联按照时间的推移，描写江南山野春日的旖旎风光：艳冶的桃花，在短短的竹篱内露出含笑盈盈的粉红脸庞；溪边嫩绿的柳枝条儿，在清澈见底的沙水上面自在摇舞。诗人捕捉住浙江原野春天最常见也最典型的野桃、竹篱、溪柳、沙水四种景物，把它们巧妙地组合起来，就描绘出一幅秀丽迷人的江南春色图。在竹篱边含笑的野桃和在沙水上起舞的溪柳，都被诗人拟人化了。它们那么自由自在，怡然自乐，活泼可爱，富于生命的活力；对喜爱和欣赏它们的诗人，无限深情，向诗人充分展示它们的美。这一联诗，上句和下句的前四字和后三字都蕴含着一种因果关系：因为竹篱矮短，人们更清晰地看到野桃含笑；由于沙水清澈，溪柳更乐意舞动袅娜的身姿，自然物之间的亲密和谐关系被诗人巧妙表现出来了。南宋魏庆之《诗人玉屑》卷六引释惠洪《冷斋夜话》，谓之"举果知因"句法。我们还要注意上句"含笑"与下句"自摇"对仗不工："含"是动词，而"自"既是代名词，也可作副词。上下词性不同，不成对仗。诗人为何宁愿对仗不工稳，也要保留这个"自"字呢？因为正是这个"自"字，活现出溪柳以沙水为镜、对镜照影的形神意态，使溪柳同野桃一样怡然自乐，天趣盎然。所以这一联深得诗评家赞赏。方回说："五六亦佳。"汪师韩说："'野桃''溪柳'一联，铸语神来，常人得之，便足以名世。"（《苏诗选评笺释》卷二）

诗的尾联由写山野景色转笔写山村农民在春耕中忙碌、愉快的生活。"西崦（yān）"犹言西山。诗人不用"西山"而用"西崦"，一是"崦"有山坳、山曲、山间之意，二是甘肃天水县西的崦嵫山，传说以为日落的地方。这里用崦字也暗示出已快到落日时分。诗人看到田野上人们正在驱牛扶犁,翻地播种,忙于春耕;而在山村里,夕阳西下,炊烟袅袅,菜香弥漫,妇女、老人在煮芹烧笋,做简朴可口的饭菜,送给在地里春耕的男人们。这紧张快乐又淳朴自然的农村生活深深地感染了诗人,使他不禁发出了赞叹的心声:啊,这西山里的农家该是多么快乐啊!言外之意说,如能脱下官帽,到这样的山村当一个自由自在的农夫,我也挺乐意的。后来,苏轼在诗词里一再满怀真情地宣称"何时收拾耦耕身","使君元是此中人"(《浣溪沙》),"吏民莫作官长看,我是识字耕田夫"(《庆源宣义王丈……遇吏民如家人,人安乐之……》),都发自肺腑地表露出他对农村田园生活的热爱和希冀归耕田园的愿望。

"煮芹烧笋"句,与唐王维"蒸藜炊黍饷东菑"(《积雨辋川庄作》)、王操"煮茶烧笋伴僧餐"(《闻孟太保病愈》)句式相类,可能苏诗从此二句点化而出。按照叙事与抒情的秩序,这句应当放在第七句,现在却置于"西崦人家应最乐"句之后。诗人先热烈赞叹,再具体描写农民春耕时节的劳动生活情景,这是为了避免诗的章法结构平直呆板,更为了使诗味含蓄蕴藉。正如宋人沈义府《乐府指迷》所说:"结句须要放开,含有余不尽之意,以景结情最好。"

苏轼在写这两首七律《新城道中》的同时，还创作了《山村五绝》组诗，诗中揭露王安石新法在推行中所产生的流弊，讽刺当时官僚机构的腐朽，表达了他对人民生活困苦的深切同情。程千帆、吴新雷合撰《两宋文学史》指出：《新城道中》和《山村五绝》，"它们恰好从不同的方面说明了诗人对人民苦乐的高度关怀，而《新城道中》所写的农民生活，又恰好适当地纠正了《山村》中诗人对生活在新法下的农民遭遇所持有的片面性的看法。这也证明，苏轼的创作也和其他伟大的古典作家一样，主要是从自己的生活实际出发，而不是从自己的政治偏见出发的"（《程千帆全集》卷十三，156页）。是的，正是诗人对田园和农民的爱，使这首诗所写的田园风光和农民生活饶有诗意和灵气。

苏轼在《书晁补之所藏与可画竹三首》（其一）中说："其身与竹化，无穷出清新。"清代文艺评论家刘熙载在《艺概·诗概》中认为"无穷出清新"此句"可为坡诗评语"。笔者十分赞同。苏轼将自己的身心融入浙江的田园风光与农民生活中，所以他这首《新城道中》堪称"无穷出清新"的不朽之作。

唐代伟大诗人杜甫的五律名篇《春夜喜雨》诗云：

"好雨知时节，当春乃发生。随风潜入夜，润物细无声。野径云俱黑，江船火独明。晓看红湿处，花重锦官城。"这首诗描绘春夜好雨，表现诗人的喜悦心情。题目中的那个"喜"字在诗里虽然没有露面，但"'喜'意都从罅缝里迸透"（浦起龙《读杜心解》卷三之二）。苏轼这首《新城道中》，题目没有"喜"字，诗中第七句著一"乐"字，愉快的心情漫溢全篇。杜诗首联写"好雨知时节，当春乃发生"，以下层层深入，生动细致地表现"好雨"的高尚品格；苏诗首联写"东风知我欲山行，吹断檐间积雨声"，以下按时空变换顺序，满怀兴趣地描绘山野春色与农民春耕，表现诗人喜爱田园、向往归耕的愉悦心情，二诗的艺术构思与章法句法很相似。可见，苏轼多么善于从经典作品中汲取艺术营养，进行创造与出新啊！

吟咏西湖的千古绝唱

——苏轼《饮湖上初晴后雨》

历代吟咏西湖的诗歌，数以百千计，其中有不少名篇佳作。最精美、传诵最广的，应当是苏轼的《饮湖上初晴后雨二首》其二，诗云：

水光潋滟晴方好，山色空濛雨亦奇。

欲把西湖比西子，淡妆浓抹总相宜。

关于这首诗的写作情景，清人王文诰《苏文忠公诗编注集成总案》（巴蜀书社影印嘉庆二十四年武林韵山堂刻本，1985）卷九载，熙宁六年（1073）正月二十一日，"病后，陈襄邀往城外寻春，有饷官法酒者，约陈襄移厨湖上，初晴复雨，山色空濛，并记以诗"。可知这两首诗是熙宁六年正月二十一日苏轼任杭州通判期间，病后初愈，应杭州知州、诗友陈襄的邀请，在西湖上饮酒赏景之作。诗的第一首说："朝曦迎客艳重冈，晚雨留人入醉乡。此意自佳君不会，一杯当属水仙王。"大意说：西湖不论是在阳光灿烂的早晨，还是在雨雾迷茫的晚上，都有不同的美。但一般人并不能领会此中佳境，让我们给湖上的水仙王敬一杯酒，邀他一起来赏鉴吧。第二首进一步抒写他对西湖美的感受。

诗的题目是"饮湖上初晴后雨"，第一首前两句侧重表现湖上"朝曦""晚雨"分别给予游人艳丽和清爽之感，第二首前两句更紧扣诗题，具体地描绘湖上"初晴后雨"的美景。潋滟（liàn yàn），水盛而波动的样子。空濛，细雨迷茫、若有若无的情态。这一联说，天气晴朗，西湖里湖水满溢，波光荡漾，亮丽极了；后来飘洒起霏霏细雨，湖上的山色朦胧迷茫，若隐若现，也显得无比神奇。首句写"初晴"，写水光，明媚艳丽；次句写"后雨"，写山色，空濛奇幻。两句诗，宛若两幅风景画，一幅是水彩，一幅是淡墨，互相映衬，把西湖水光山色、晴雨变幻的美，表现得那么生动逼真，丰富多彩，空灵迷人！绝妙的是，诗人着意捕捉山水的光色晃动变化，竟然不用一个色彩字和明暗字，只用了"潋滟"和"空濛"这两个连绵词白描写生，语言清逸简淡，精警传神，令人惊叹!难怪推崇苏轼、擅长白描的清代诗人查慎行称赞说："多少西湖诗被二语扫尽，何处著一毫脂粉颜色？"(《初白庵诗评》卷中)这一联对仗工切匀应，前呼后应，又极自然天成。

诗的后两句由写景转入抒情议论，对西湖的美热情赞颂并作出总体的诗意概括。诗人要把西湖比成春秋时越国著名的美女西施。这个比喻发人所未发，非常新颖奇特，又恰当贴切，可谓空前绝后，显示出苏轼天才的艺术想象力。西湖和西施都生在越地，又都姓西；更主要的是，都具有天生丽质的自然美，于是西湖的晴天和雨天被诗人巧妙地比喻为西施的浓妆和淡妆。西施不管怎样打扮，淡妆也好，浓抹也好，总是恰到好处，惹人怜爱；而西湖无论是雨天还是晴天，总是风情旖旎，令人迷醉。这个奇妙的比喻融情入景，又赋予西湖极美的意态风神和生命灵气。于是此诗一出，很快传诵天下，脍炙人口，深得诗评家的赞赏。南宋陈善说："道尽西湖好处。……要识西子，但看西湖；要识西湖，但看此诗。"(《扪虱新话》卷八)袁文说："比拟恰好，且其言妙丽新奇，使人赏玩不已。"(《瓮牖闲评》卷五)近人陈衍亦云："后二句遂成为西湖定评。"(《宋诗精华录》卷二)从此"西子湖"竟

宋·夏圭《西湖柳艇图》

被公认是西湖的别称。苏轼自己对这个比喻也很得意，在别的诗中多次使用，如《次前韵答马忠玉》："只有西湖似西子。"《次韵刘景文登介亭》："西湖真西子，烟树点眉目。"

苏轼的山水诗常妙蕴哲理。这首诗把西湖比作西子，也闪射出哲理的光辉。它启迪人们：大自然和社会生活中不缺乏美，缺乏的是善于发现美的眼睛；美的形态是丰富多彩的，人须有宽广的审美心态和富于包容性的审美情趣，才能更多地发现美、欣赏美；而美的人和事物，往往是天然自生的，有了天然本色的美质，不管是否装饰打扮，它都是美的。由于这首诗既能激发读者对于美的遐想，还能引起他们对于艺术哲学——美学的思索，这就大大增加了这首诗意境的深度和广度。

在绝句的艺术结构方面，《饮湖上初晴后雨》也有典范的意义。元代杨载《诗法家数》对诗起承转合的章法结构作了精辟的论述。他在谈到"转"时说："要变化，如疾雷破山，观者惊愕。"又曰："绝句之法……大抵起承二句固难，然不过平直叙起为佳，从容承之为是。至如宛转变化工夫，全在第三句，若于此转变得好，则第四句如顺流之舟矣。"当代文论家孙绍振专门撰《绝句的结构》一文，提出"追求单纯和丰富的统一，严整和灵活的统一，正是绝句的艺术结构内在规律"；而绝句的艺术结构要做到灵活性，就不能四句都用陈述句，而应在第三四句中变化语气，运用祈使句、设问句、疑问句、假设句、反问句、否定句、转折句，并使用表达这些句子的词语。他还指出：绝句前两句一般具体描写，后两句多"用直接抒发来拓开境界"，"以更广阔的空间、更高的精神境界超越前两句的有限性"，"绝句结构的深层要超越表层，才能形成一种立体性结构"（《美的结构》，人民文学出版社，1988，266、270、271页）。笔者认为，孙先生对绝句的艺术结构作了现代诠释和创造性的理论总结。用他的真知灼见来衡量苏轼这首七绝名篇，前两句具体描绘西湖晴雨之景，用白描写实的手法、陈述句式，并用工切的对偶，一起一承；第三四句转为直接抒发，却以想象和比喻出之，对西湖作总体概括，于美妙的喻象中蕴含哲理。第三句用假设句式，借"欲把"二字作转折，三四句不再对仗，改为散体单行，使这首绝句的艺术结构具有灵活性、转折性、立体性，其意境单纯而丰富，诗的含蕴深广。

笔者认为，一首绝句应当像一条首尾呼应、叮咚流淌的小溪，具有回环往复的旋律节奏。《饮湖上初晴后雨》

就是这样的一条清溪，它给读者视觉美感，还有听觉美感。诗的前两句对仗工整匀称，诗意自然流动，"潋滟"和"空濛"同为叠韵连绵词，平仄相对，诵读起来，音节和谐优美；三四句虽化骈为散，但第三句以"欲把"和"比"字串联起"西湖"与"西子"，形成了钱锺书先生在《谈艺录》补订本中所说的"重言错综"式"当句对"，既加强了"西湖"与"西子"的联系，又使诗句意脉贯通，音节流畅；第四句也有当句对，却不再是重言错综，而是"淡妆"和"浓抹"两个形态词的对仗。二、四句押音声轻柔的"奇""宜"韵，也有助于表现西湖的柔美。全篇音律

位于西湖南岸的净慈寺

节奏丰富而不单调，严整而流动，复沓和谐，读来琅琅上口，悦耳动听。

有比较才有鉴别。为了说明苏轼这首小诗是历代西湖绝句之冠，笔者试举另一首西湖绝句名作来作比较，这就是南宋大诗人杨万里的《晓出净慈寺送林子方》："毕竟西湖六月中，风光不与四时同。接天莲叶无穷碧，映日荷花别样红。"杨万里同苏轼一样，是宋代杰出的大自然的歌手。他的写景诗被称为"诚斋体"，长于以"活法"写生，写得清新活泼，幽默诙谐。这首七绝描写西湖六月的美景。后两句在无穷无尽的碧绿莲叶中着力表现那映着阳光的艳红荷花，色彩鲜丽，境界开阔，情意酣畅，令人喜爱，此诗亦广为传诵。但如果与苏轼的《饮湖上初晴后雨》相比较，杨万里此诗未能总摄西湖美的风神，意蕴也不够深广，章法结构未能起承转合，缺乏纵深感与立体感，显然较苏诗逊色。笔者在历代吟咏西湖的绝句中，并没有发现比苏轼此诗更高明地概括出西湖之美、流传更广泛深远的作品。因此，《饮湖上初晴后雨》堪称吟咏西湖的千古绝唱。

暴雨壮观　　清雄奔放
——苏轼《有美堂暴雨》

　　一个繁荣而充满矛盾的时代的精神，总能在被称为时代歌手的伟大诗人的作品中表现出来，有时是直接的正面的抒写，有时则是通过对自然风光景物的描绘曲折反射。在苏轼的诗中，既凸显出这位哲人兼诗人的鲜明思想与艺术个性，也不停息地跳荡着他所生活的北宋时代的脉博。我们试读苏轼的七言律诗《有美堂暴雨》：

> 游人脚底一声雷，满座顽云拨不开。
>
> 天外黑风吹海立，浙东飞雨过江来。
>
> 十分潋滟金樽凸，千杖敲铿羯鼓催。
>
> 唤起谪仙泉洒面，倒倾鲛室泻琼瑰。

　　这首诗是宋神宗熙宁六年（1073）七月，苏轼任杭州通判时写的。有美堂在西湖东南面的吴山最高处，"左江右湖，故为登览之胜"（《淳祐临安志》卷五），是杭州知州梅挚于嘉祐二年（1057）所建。堂名"有美"，乃取自宋仁宗赐梅挚诗"地有吴山美，东南第一州"中的两字。苏轼在这首诗中，以雄奇飞动的笔墨绘声绘色地描绘了夏日西湖与钱塘江上的一场暴雨。此诗气势宏大，想象飞腾，铸词瑰丽，用典灵动，意境壮阔，可与唐代杜甫、刘禹锡的七律相媲美，令人叹为观止！

程千帆先生指出："此诗前半篇与后半篇用的是两种手法。用传统的术语来说，是前赋后比。"（《宋诗精选》，110页）他的概括是精当的。我们先看首联。古人论诗，很讲究起承转合，尤其注重诗的开头和结尾。宋人严羽《沧浪诗话·诗法》说："对句好可得，结句好难得，发句好尤难得。"明人王世贞《艺苑卮言》也说："七言律不难中二联，难在发端及结句耳。"许多人都主张开头必须有气势，如托名白乐天撰的《金针诗格》说："破题欲似狂风卷浪，势欲滔天。"明人谢榛《四溟诗话》卷一也说："凡起句当如爆竹，骤响易彻。"苏轼才情横溢，笔锋精锐，故而起笔常如大海之起澜涛，似泰山之腾云气，尤以飞动的气势见长。这首诗开篇就让读者听到一声雷鸣，真是先声夺人。因为诗人身在吴山最高处，故而雷声在其脚下，写出的是独特的、真切的感觉。低雷是暴雨的先兆，又为下文写暴雨预设伏笔。疾雷一响，浓云即起，引出次句"满座顽云拨不开"。唐代李沈《秋霖歌》有"划断顽云看晴碧"，陆龟蒙《奉酬袭美苦雨见寄》亦有"顽云猛雨更相欺"之句。苏轼从前人诗中沿用了"顽云"这人格化的意象，又形容其笼罩"满座"。"拨不开"三字尤妙，描写他和游客竭力驱赶顽云，竟然无法将其拨开，可见云之厚重浓密。这一联，上下贯通，有声响，有动态，有力度和紧张感，令人心弦震撼。

诗的颔联紧承首联，大笔抒写暴雨来时风吹海立、飞雨过江的奇景壮观。上句创造性地点化了前人语句。杜甫《朝献太清宫赋》云："九天之云下垂，四海之水皆立。"宋初诗人梅尧臣《青龙海上观潮》诗有"百川倒蹙水欲立"句，苏轼的"海立"即从杜、梅句化出，但"海立"二字精练、形象、更有气势。这里的"海"，指钱塘江入海处。从钱塘江入海处吹来的风，被苏轼夸张为来自"天外"；无形无色的风，竟被以灵视观物的诗人看成是黑色的。这天外黑风把浩茫大海吹得涛翻浪涌，像人一样直立起来。这一句诗的意象、气势、境界何等雄奇壮伟！具有强大的视觉冲击力和心灵震撼力。中国现代杰出诗人臧克家评赞说："'立'起来的大海，像一个力大无穷的巨人，使人惊，使人骇，气象之大，境界之高，令我钦仰而叹服东坡崇高的精神，'如海'的才华和他手中的那一枝如椽大笔。即使诗圣杜工部《秋兴八首》第一首中的'江间波浪兼天涌'，也应该让它三分。这个'立'字，可谓千古挺出。"（《一字之奇　千古瞩目——略谈"诗眼"》）更妙的是，东坡竟能以"浙东飞雨过江来"同"天外黑风吹海立"组成对仗联，上下句字字相对，备极工切，铢两悉称，句意似水顺流而下，形成"流水对"。《御选唐宋诗醇》卷三十四评这两句说："写暴雨非此杰句不称。但以用杜赋中字为采藻鲜新，浅之乎论诗矣！且亦必有'浙东'句作对，情景乃合。有美堂在郡城吴山，其地正与海门相望，故非率尔操觚者。唐贤名句中，唯骆宾王《灵隐寺》诗'楼观沧海日，门对浙江潮'一联，足相配敌。"杭州在钱塘江西岸，其地夏秋暴风雨均从东南海面吹过钱塘江吹向西北，所以"浙东"句切时切地，与"天外"句组合，有骇目之色，有飞动之势，虚实相生，堪称自然凑泊的绝对，竟使精通诗学的近人陈衍误以为"浙东"句是东坡妙手天成的自创，他在《宋诗精华录》卷二中说："三句尚是用杜陵语，四句的是自家语。"其实，《全唐诗》卷四九二殷尧藩《喜雨》诗云："山上乱云随手变，浙（同'浙'）东飞雨过江来。"清人林昌彝《海天琴思录》卷三说："'浙东'句全用殷尧藩诗，注苏者皆未及之。"然而，即使我们知道苏轼全用殷尧藩句，也不能不佩服他对唐诗烂熟于心、诗思敏捷、善于运用的艺术才能。

诗的前半篇用直接描绘的赋象，后半篇则用喻象和典象。所谓典象，即用典故造出的意象，也是一种特殊的喻象。颈联表现东坡对西湖汹涌水势和暴雨声响的形象感受。潋滟，水满溢波动貌，十分潋滟，极言其满。金樽凸，酒面高出金樽，即将溢出之状。唐代杜牧《羊栏浦夜陪宴会》有"酒凸觥心泛滟光"句。杖，鼓棰。敲铿，韩愈《城南联句》有"树啄头敲铿"句，指啄木鸟啄木声，这里指击鼓声。羯鼓，古羯族乐器。唐南卓《羯鼓录》谓其声"焦杀鸣烈"，宋璟"尤善羯鼓"，曾"谓上（玄宗）曰：'头如青山峰，手如白雨点。此即羯鼓之能事也。'"又，《唐语林》卷五载：李龟年"善打羯鼓。明皇问：'卿打多少杖？'对曰：'臣打五千杖讫。'"这两句说，雨中的西湖，水势浩大，看起来就好像一只斟满美酒即将溢出的金樽；雨洒江湖，声音骤急，竟如千根鼓棰一齐击打羯鼓，催人豪饮。这两个喻象，新奇、雄丽、兼具动态、声响、色彩、气势，给予读者极强烈的美感享受。

颈联的妙处还在于，表面上诗人仍在写景，但已在暗中表现他的自我形象。首先，"金樽凸"和"羯鼓催"这两个比喻，令人感到诗人当时正在有美堂中宴饮，筵席上有鼓乐，诗人见景生情，触发想象和联想，因近取譬。至于前人诗文中的"敲铿"之语、"千杖"之言，只是营造喻象的修辞材料。其次，从"金樽凸"与"羯鼓催"这两个比喻，可以感受诗人的豪情胜概。偌大的西湖，诗人只当作一只小酒杯，暴雨击打江湖的铿锵澎湃之声，也不过是催发诗人豪饮的鼓乐。诗人的浪漫气度和广阔襟怀已跃然纸上。

诗的尾联营造典象，以写人为主。"唤起"句的"谪仙"和"泉洒面"皆典出《旧唐书·李白传》："初，贺知章见白，赏之曰：'此天上谪仙人也。'""玄宗度曲，欲造乐府新词，亟召白。白已（醉）卧于酒肆矣。召入，以水洒面，即令秉笔。顷之，成十余章。""倒倾"句的"鲛室"，即鲛人所居之室。鲛人乃神话传说中居于海底之怪人。晋张华《博物志》卷九："南海有鲛人，水居如鱼，不废织绩，其眼能泣珠。""鲛人从水出，寓人家积日，卖绡。将去，从主人索一器，泣而成珠满盘，以与主人。"琼瑰，珠玉，这里喻指佳词妙语。苏轼《又送郑户曹》："迟君为座客，新诗出琼瑰。"《酒子赋》："顾无以酢二子之勤分，出妙语为琼瑰。"都是用琼瑰比喻妙语佳词。这一联说：也许是为了唤醒醉中的李白，老天爷才降下这一场暴雨，洒洗诗仙的脸；被雨水浇醒的李白，挥毫赋诗，妙语涌出，就像是神话传说中的鲛室倒倾，珍奇美玉迸泻而出。苏轼在这一联诗中巧妙地将《旧唐书·李白传》的典故和《博物志》记载南海鲛人的传说结合起来，但他并不停留在提炼典词的层面，而是运用典故营造意象——典象。于是，读者的眼前跃现出李白酒酣命笔赋诗、笔下佳词妙语如琼瑰迸泻的典象，潇洒浪漫，诱人遐想。当代诗人兼诗论家流沙河说："一个成功的典象能够给读者以两次投影。"（《十二象·典象》，三联书店，1987，157页）苏轼在诗中勾勒出的，既是李白的形象，又是苏轼的自我形象。李白和苏轼，都是具有鲜明浪漫气质的天才诗人，他们都有真率的赤子情怀、豪放不羁的性格和乐观旷达的气度；他们都热爱人生，钟情大自然。尤其是在身处逆境时，他们都要到大自然的名山胜水、妙景奇观中去寻求精神的慰藉并充分施展自己的诗才。程千帆、吴新雷先生精辟地指出："这种不为自己不如意的政治环境所控制的萧散而豁达的怀抱和自然景物的无间的契合，也是苏轼创作中的难以企及的特色之一。"（《两宋文学史》第四章，上海古籍出版社，1991，161页）苏诗这一特色，在这首诗中得到了鲜明的体现。苏轼以李白自喻，也充分显示出他无比的自豪与自信以及他在诗歌创作上的雄心壮志：面对着杭州旖旎的湖光山色，他要写出美玉般的诗歌，像李白诗一样光照诗史。宋代士大夫文人普遍具有历史的使命感，他们无论是从政或是从事学术研究、文艺创作，都能殚精竭虑，要有建树、有成就，实现自我的生命价值，即使遭受打击和挫折，也绝不轻易放弃。因此，宋代士人在经世济时方面颇能建功立业，在文化艺术方面也取得了空前的巨大成就，这是宋代时代精神的一个重要特点。我们在苏轼借李白而自抒怀抱的这两句诗中也有了强烈的感受。

《有美堂暴雨》是一首七律。七律同五律相比，音节较舒展，体制较大，格律束缚也更多，是近体诗中艺术形式价值最高、其艺术法则亦最难掌握的。浑融完整是唐代七律艺术的最高境界，或气势雄阔，浑成一体；或清新明丽，无懈可击，都要韵律整饬，对偶精工，诗句凝练含蓄而又动荡洒脱。杜甫是唐代七律的艺术大师，其七律风格以沉郁顿挫为主而又丰富多样，许多作品已臻于浑融完整的极境。清代多位诗评家如查慎行、李调元、何日愈等人赞扬东坡这首七律雄奇壮伟，宏阔沉着，具大魄力又精警动人，颇有盛唐七律气象，我认为是中肯的评价。东坡这首七律紧扣住一场暴雨来写，想象新奇，气势奔腾，情融景中，音韵和畅，用典使事巧妙，锤字炼句精工，既具有东坡七律清雄奔放、洒脱流丽的风格，又达到了盛唐七律浑融完整的境界。查慎行说此诗"章法亦奇"（《初白庵诗评》卷下），奇就奇在从疾雷写到顽云，从风吹海立写到飞雨过江，从金樽凸写到羯鼓催，从写景到写人，从实写到虚写，八句诗紧密衔接，一气流注；一连串动态强烈的动词和形容词的运用，使诗的节奏和气势亦如疾雷迅电、急风暴雨。如果说，清人浦起龙赞美七律《闻官军收河南河北》是老杜"生平第一首快诗"（《读杜心解》），那么，笔者也褒扬七律《有美堂暴雨》是坡公"生平第一首快诗"。可以看出，苏轼有意将杜甫《闻官军收河南河北》快节奏的叙事抒情运用到写景抒情的《有美堂暴雨》中来，创作出这首节奏快、章法奇的七律杰作，彰显出他在学习古人中大胆创新的艺术气魄。

以声音动态谐趣表现画境

——苏轼《李思训画长江绝岛图》

> 山苍苍，水茫茫，大孤小孤江中央。崖崩路绝猿鸟去，唯有乔木挽天长。客舟何处来？棹歌中流声抑扬。沙平风软望不到，孤山久与船低昂。峨峨两烟鬟，晓镜开新妆。舟中贾客莫漫狂，小姑前年嫁彭郎。

这首题画诗，是宋神宗元丰元年（1078）苏轼任徐州（今属江苏）知州时创作的。题中李思训，唐代著名画家，官至左（一作右）武卫大将军，世称李将军。他的山水画多以青绿胜，明代画论家董其昌说他是山水画"北宗"的创始人。宋代《宣和画谱》评其画："皆超绝，尤工山石林泉，笔格遒劲，得湍濑潺湲、烟霞缥缈难写之状。"可见他的着色山水画同王维的水墨写意山水也有相似之处，都重视意境创造，使画中有诗。苏轼题咏的这幅《长江绝岛图》早已不存，今存《江帆楼阁图》是青绿山水，颇有郁勃、恢宏的盛唐气象，相传是李思训墨宝。

宋代是诗画大发展大融合时期，题画诗的创作也盛况空前。集诗人、画家、书法家于一身的苏轼写了不少题画诗，取材广泛，遍及人物、山水、鸟兽、鞍马、花卉、木石及宗教故事等方面。《虢国夫人夜游图》《惠崇春江晓景二首》《书王定国所藏烟江叠嶂图》《书韩幹牧马图》《高邮陈直躬处士画雁二首》《书晁补之所藏与可画竹》等，都是他的题画诗名篇。苏轼在这些题咏、品评绘画的诗中，或讽刺时弊，针砭现实；或抒情言志，袒露笑对灾难的豪放襟怀；或发表有关文艺创作的真知灼见。这些诗的表现手法、艺术风格也多种多样，不拘一格。苏轼在《韩幹马十四匹》诗中说："韩生画马真是马，苏子作诗如见画。"他的绝大多数题咏山水画的诗篇，都能以生动传神的语言再现画境，使人读诗如见其画；又能驰骋神思，调动多种感觉，丰富和深化画境。下面，我们看苏轼在这首诗中是如何将无声的画境转化为有声之诗境的。

这首诗构思缜密，章法严整，层次分明。依其诗意的进展，可分为三段。开头五句为第一段，描绘长江和绝岛，是对这幅画内容的总概括。"山苍苍，水茫茫"，展现山色苍苍，水光茫茫，点明这是一幅青绿色的平远山水，而且画面浩淼空阔。大孤小孤，指大孤山和小孤山。大孤山在江西九江市东南鄱阳湖中，四面洪涛，一峰独峙；小孤山在江西彭泽县北、安徽宿松县东南，屹立江中，与大孤山遥遥相对。苏轼说二山皆在"江中央"，可知李思训所画的未必就是大小孤山，而是苏轼在观画中感到这两个绝岛的形状与位置同大小孤山相似，遂想象它们就是大小孤山，并以此展开诗的艺术构思，为诗的奇妙结尾埋下伏笔。"崖崩"两句具体描写"绝岛"即大小孤山，这是画面的中心。这两座山四面环水，山势险峻，山上丛林茂密，一棵棵高大的乔木好像巨柱巍然耸立，直插云端。德国文艺理论家莱辛在《拉奥孔——论画与诗的界限》一书中说："诗描绘物体，只通过运动去暗示。诗人的妙技在于把可以眼见的特征化为运动。"苏轼兼擅诗画，对诗画各自的艺术特长和局限有深刻的体会，因此他描绘长江上的这两个绝岛，不作静态的刻划，而是通过运动去暗示和展现。崖崩，写山崖太陡峭而引发崩塌；路绝，写山石滚落，堵塞了道路；猿鸟去，写猿鸟惊惶四散，消失在深林中。搀（chān），刺，插入，这个动词也赋予静穆的乔木以刺天的动态和气势。画幅上并没有猿鸟，但诗人不说"无猿鸟"而写"猿鸟去",仿佛他亲眼见到猿鸟纷纷逃进了密林,这是诗人灵心虚构、无中生有的妙笔。

"客舟何处来"以下四句是第二段,写画中小船。笔者欣赏过传为李思训的《江帆楼阁图》的摹本,画以"江帆楼阁"为题,但画面上以江岸楼阁和树石为主体,那几只帆船是很小的,所以我猜想苏轼题咏的这幅《长江绝岛图》,大概也只有一叶小舟吧。然而这不起眼的一叶小舟,在苏轼的笔下竟占据了诗的中心。他先用一个疑问句,引起读者注意,再以生花妙笔,反复描写、渲染。棹(zhào),船桨。"客舟"两句说,这只客船从哪里来?船工划桨时唱的歌声在江心水上忽抑忽扬。南朝梁代诗人丘迟《旦发渔浦潭》诗有"棹歌发中流"句,苏轼去掉"发"字添加了"声抑扬"三字,这抑扬的棹歌声便在读者的耳际萦绕回荡。沙,指沙岸。软,柔软、细弱。低昂,犹俯仰。"沙平风软"两句,诗人恍若置身画中,登上了客船,眺望前方:沙岸平旷,江风轻柔,江上远景一望无际。江波一起一伏,诗人观看江中孤山,也随船一起忽高忽低,时俯时仰。熙宁四年(1071)六月,苏轼写了一首拗体七律《出颖口初见淮山,是日至寿州》,第四句是"青山久与船低昂",第七句是"波平风软望不到"。苏轼这首题画诗又重复用了这两句，上下只换了"沙""孤"二字。可见，这是诗人船上观山亲身体会而获的得意之句，表现出人们乘船时都有所感受却从未有人用诗句传写出来的情景兴味。人、船、山一起低昂，而且是持续地长久地低昂。这种动态多么新鲜美妙，有旋律节奏感，充满逸趣，苏轼仅用"孤山久与船低昂"七个字就活灵活现地描绘出来了，真是才华横溢，大家手笔！绘画是视觉艺术，画家用颜色、水墨、线条在纸上描画出的景象，读者的眼睛直接看得见，因此，绘画形象的鲜明性、直观性，是用语言符号作为表现媒介的诗歌比不上的。但人有多种感觉，最主要的审美感觉是视觉和听觉。绘画只能够表现视觉，而无法表现听觉和触觉、味觉、嗅觉。绘画是空间艺术，一幅画只能描绘在一个空间中的瞬息情景。诗歌却是灵活地结合着空间的时间艺术，它不宜于描绘静物，却可以自由地用语言表现在时间上先后承续的动作。在这一段诗中，我们见识了苏轼精通诗画艺术奥秘的本领。他先用"棹歌中流声抑扬"添加了画上没有的悦耳歌声，再以"孤山久与船低昂"表现长久持续的动态，从而在再现画境中充分发挥了诗歌的特长。

至此，画面上的景物已写完，无声的静态画境已转化为有声的动态诗境。按照一般题画诗的作法，诗人或对画中情景加以赞美，或对画家与画作发表评论，诗即可完满收结。大诗人苏轼却独辟蹊径，妙生慧心。他利用有关大小孤山的民间传说，挥毫落纸如云烟，写下诗的第三段，开拓出一个奇丽浪漫、谐趣盎然的新境界。峨峨，高耸貌。烟鬟，女子发髻。晓镜，早晨照的明镜。贾（gǔ）客，商人。小姑，即小孤山。彭郎，即澎浪矶。欧阳修《归田录》卷二载："江南有大小孤山，在江水中，嶷然独立，而世俗转'孤'为'姑'。江侧有一石矶，谓之澎浪矶，遂转为彭郎矶。云彭郎者，小姑婿也。"这四句诗说：大小孤山的峰峦，在水雾缭绕之中，宛若两个女子高耸的发髻。看，她们在早晨照着明净如镜的江面梳理新妆呢！船上的客商，你的举止不要太轻狂了，美丽的小姑早就心有所属，她在前年已嫁给了英俊的彭郎。前二句，诗人妙以女子发髻比喻二山之峰峦，以镜喻水面，又以女子晨起对镜梳妆形容江中二山。结尾两句，更把比喻、拟人、谐音双关等表现手法融于一炉，根据小姑嫁彭郎的民间故事戏为谐语。于是，诗人对祖国如画江山的深情赞美，对李思训绘画作品的高度评价，也就含蓄风趣地自然流露出来了。从诗歌意境创造的角度来看，诗的第三段是在前二段写实的基础上恣发奇想、凭虚营构的。"峨峨两烟鬟"与"小姑"，同"大孤小孤"首尾呼应；"舟中贾客"也与"客舟"上下承接，使诗的意境完整浑成。清人纪昀赞扬此诗"绰有兴致"，却贬斥"末二句佻而无味，遂似市井恶少语，殊非大雅所宜"（《纪批苏诗》卷十七）。这位纪老夫子貌似高雅，但这几句话已暴露出他偏狭、保守、酸腐的审美趣味。提倡性灵说的袁枚评："'小姑嫁彭郎'，东坡谐语也。然坐实说，亦趣。"（《随园诗话》卷十六）主张诗歌要有"细肌密理"的翁方纲说："'小姑'即上'与船低昂'之山也，不就俚语寻路打诨，何以出场乎？况又极现成，极自然，缭绕萦回，神光离合，假而疑真，所以复而愈妙也。"（《石洲诗话》卷三）袁氏肯定"小姑嫁彭郎"句的谐趣，翁氏对此句之妙作了赏析，笔者十分赞同。

在这首题画诗中，苏轼还发挥了诗歌语言节奏感与音乐美的特长。诗题中虽无"歌""行"这类字眼，但我感到他是用七言歌行体来写这首题画诗的。全篇十三句，有八个七言句，三个五言句，两个三言句。开篇是两个三言句，以下两段以一个五言句或两个五言句起头，这使诗歌具有活泼的民间歌谣风味，又是七言歌行以七言句

明·项元汴《仿苏轼寿星竹图》

为主、交织穿插三五言句的常见体式。通首押声音清亮的下平声阳韵。诗人有意运用"苍苍""茫茫""峨峨"等叠字词，"抑扬""低昂""漫狂"等连绵词，还有"崖崩路绝""沙平风软"句中对仗，又重复"大孤小孤""孤山""小姑"等词，形成了流丽圆转、回环往复、舒缓起伏、悠扬和谐的声韵节奏。这恰好与客舟摇漾、山船俯仰的情景相适应，使诗歌的境界美与音乐美契合。清人方东树称赞此诗："神完气足，遒转空妙。"（《昭昧詹言》卷十二）上文的赏析，可以印证他的八字评语。

笔者认为，苏轼这首《李思训画长江绝岛图》，是诗情、画意、音乐美交融的佳作。喜爱此诗的朋友，请闭目凝神，曼声长吟这首诗，你会觉得自己已追随东坡公，在客舟上聆听棹歌抑扬，体会"孤山久与船低昂"的容与舒畅。

对仗精妙　象征意深

——苏轼《八月七日初入赣，过惶恐滩》

宋哲宗元祐八年（1093）六月，苏轼被任为定州（河北定县）知州。九月，高太后病死，哲宗亲政，次年改元绍圣（1094）。附和变法的新党复被起用，疯狂地报复元祐旧臣。闰四月，苏轼在定州任上被加以草诏"讪谤先朝"的罪名贬知英州（今广东英德）。接着，一月之内三次降官，最后贬宁远军（今广西容县）节度副使、惠州（今属广东）安置，不得签书公事。八月七日，苏轼在赴惠州贬所途中乘船入赣江。诗人经过惶恐滩（在今江西万安县）时，面对险滩，瞻望前途渺茫，远离故乡与朝廷，北归无期，百感交集，写下了这首七律：

七千里外二毛人，十八滩头一叶身。

山忆喜欢劳远梦，地名惶恐泣孤臣。

长风送客添帆腹，积雨浮舟减石鳞。

便合与官充水手，此生何止略知津。

　　诗的首联就表现暮年远谪的凄凉孤苦。七千里，诗人夸张其家乡距离赣江的里程数。二毛人，头发黑白相杂的人，指垂老之人，苏轼时年五十九岁。十八滩，赣江从万安到赣州，共有十八个滩，滩水湍急，黄公滩最险。南方人读"黄公"如"惶恐"，因亦称"惶恐滩"。一叶身，乘坐一叶扁舟的人，语出唐代白居易《舟夜赠内》："三声猿后垂乡泪，一叶舟中载病身。"这两句意思是：我这个头发斑白的老人，只身飘零于离故乡七千里外的荒野，乘着小船穿越赣江十八个险滩，简直就像在激流漩涡中翻滚的一片树叶。诗人用"二毛人"与"一叶身"形象地概括自己的衰老形貌和飘零境况，又分别以"七千里"和"十八滩"作衬托，数量的巨大反差构成了强烈的对比，收到触目惊心的效果。律诗的首联和尾联都不要求对仗，苏轼在此诗中却有意用对起格，一落笔就将四个数量词作定语的意象名词，精心组成对仗联："七千里"对"十八滩"，"二毛人"对"一叶身"，"外"对"头"，字字对偶，工巧自然，既有视听美感，又省略了谓语，从而以精练的笔墨，把他的衰老容貌、远谪凄苦与艰危处境一并凸现在读者眼前。清代王文濡评此诗"起势飘忽不群"(《宋元明诗评注读本》卷六)。笔者认为，此诗开篇奇气崎兀，有先声夺人之势，使人读之情不自禁，为作者坎坷多难的人生而感叹唏嘘。

此诗首联这种由四个数量词构成对仗的句法，并非苏轼首创，它出自唐代著名贬谪诗人柳宗元的"十一年前南渡客，四千里外北归人"(《诏追赴都二月至灞亭上》)和"一身去国六千里，万死投荒十二年"(《别舍弟宗一》)。苏轼远谪岭南的惠州，一定会想到昔年柳宗元被贬永州与柳州所写的诗，所谓同病相怜、隔代知音，他运用与点化柳诗是很自然的。但苏诗的"二毛人""一叶身"明显比柳诗的"南渡客""北归人"具体生动有形象，何况还加上"十八滩头"的环境衬托，情境更真切如画。可见，苏诗这个对仗联，具有意象涌现的直接性，它们的并置与对比产生了张力，为读者提供了广阔的想象空间。笔者读这联诗，宛然如见这位鬓发斑斑、容颜憔悴的老诗人，对着激浪滚沸的惶恐滩搔首踟蹰。而柳诗以赋笔直叙其被贬谪路程之远与时间之久，相对缺乏形象感人的力量。苏轼点化柳诗，真可谓青出于蓝而胜于蓝。

颔联"山忆"句,苏轼自注:"蜀道有错喜欢铺,在大散关上。"大散关,即散关,又称崤谷,在今陕西宝鸡市西南大散岭上,距宝鸡五十二里。孤臣,失势被贬之臣。《孟子·尽心上》云:"独孤臣孽子,其操心也危,其虑患也深。"柳宗元《入黄溪闻猿》诗也有"孤臣泪已尽,虚作断肠声"之句。对于这联诗的意蕴,一般阐释者只是说:作者想念归路,乡思萦怀;路经险滩,兴孤臣之悲泣。我感到这样的解说失之于简单、浮泛,于是去找程千帆先生的分析。果然,程先生对东坡在这联诗中所表达的丰富复杂情意体贴得十分中肯细致、合情合理,他写道:"当他(指苏轼)过那十分凶恶令人惶恐的险滩时,忽然回想到约四十年前,初从四川取道陕西入京赶考,经过错喜欢铺的情况。年轻时功名顺遂,原以为致君泽民,大有可为,而四十年的经历却告诉自己,那些想法只不过是错喜欢,而今所有的,则是垂泪孤臣的无限惶恐而已。这是对自己一生的高度概括,却以唱叹出之,令人凄然欲绝。"(程千帆编《宋诗精选》,江苏古籍出版社,1992,115页)笔者要补充的是:苏轼自称"孤臣",暗含着他对比起眼前险滩还要凶险的国事的忧虑,对新党投机小人倒行逆施疯狂报复的惶恐,对是非忠奸不分的哲宗皇帝的失望，以及对自己忠而见谤、垂老遭贬的怨愤。苏轼用惶恐滩与错喜欢铺这两个地名作对仗，将相隔四十年的两段人生经历融入其中并加以对比，又借"惶恐"和"喜欢"语意双关地表现他的艰危处境与悲苦心境，使这联诗成为对偶工切、句法紧缩、情意深永的天成妙对。如果说，此诗首联用四个数量词对比的对仗，是在点化前人基础上的出新，那么颔联借两个地名语意双关的对仗手法，就是苏轼天才的艺术独创，被后来的诗人作为范式来学习、仿效。南宋名臣胡铨被贬朱崖后赋诗，有"北往长思闻喜县，南来怕入买愁村"（《贬朱崖行临高道中买愁村，古未有对，马上口占》）一联；民族英雄文天祥抗元兵败被俘，作《过零丁洋》诗，其颈联云："惶恐滩头说惶恐，零丁洋里叹零丁。"两人都学苏轼，用地名组成工巧的对仗，语意双关地抒写艰辛经历与爱国情怀。尤其是文天祥的诗联，把东坡开创的这一对仗手法用到了极致。

总起来看，苏轼此诗前四句表现被政敌迫害、暮年远谪，感情凄苦，格调低沉。但苏轼毕竟是一个性格坚韧、胸襟开朗的诗人与哲人，何况他曾在十五年前因"乌台诗案"蒙冤入狱，经受过严酷的生死考验。因此，面对这再次降临的人生劫难，他仍然要以顽强的意志与乐观的态度战而胜之。于是，颈联描写行舟情境，格调也由凄苦转向雄放，沉重变为轻快。对句中的"石鳞"，指浅水流于江底石上，呈现出如鱼鳞的波纹。因久雨水涨，石在深处，船上很难见到石鳞了，故云"减"。这两句说：船过了险滩，就遇到了久吹不停的顺风，殷勤相送我这个远来的客人；船帆受风，好像大腹鼓起。久雨之后，江水暴涨，我在疾驶的船上已很难看见水流石上的鱼鳞波纹，真有点美中不足。诗人以清新明快的语言描绘顺风行舟的所见所感，既有开朗阔大的境界呈示，又有美丽景象的细致写生。这浩浩长风，滚滚江流，不仅鼓起帆腹推送小舟飞驰，而且鼓起了诗人战胜苦难的勇气和信心。因此这两句所写的既为舟行实景，又有象征暗示，应是兴象与比象的合一。"长风送客"与"添帆腹"，"积雨浮舟"与"减石鳞"，都是因果关系；一"添"一"减"，前呼后应，上下两句的意脉宛如行云流水，一气贯通，使此联对仗充满了流动感，其轻快的旋律节奏，恰好显示出诗人顺风行舟观赏美景的快意。至此，上半篇的低沉凄苦情绪已一扫而空。

于是，诗人在尾联敞开襟怀，抒情言志。上句的"便合"，意为完全可以。与，为、替。知津，知道过河的渡口，犹言识途。《论语·微子》载：孔子曾在途中向隐士长沮、桀溺问津。这两人因为不同意孔子急于用世的主张，就故意不作正面答复，只说："是知津矣。"（他是知道渡口的，何必问我们呢！）这里反用其意。这一联意思是：我满可以充当水手，为官府驾船；我一生长途行船，岂止是知道几个渡口而已！上句乃是自嘲，却意含反讽；下句反问，更充满自信。言外之意是说，我这一生经历过太多的风浪，而今这区区磨难，其奈我何！这是对前面第二句第四句的否定，也是第五六句的自然承接。"水手""知津"，皆就江上行舟生发，与前三联的情景意象契合，堪称语意双关的抒情妙笔。诗句在爽朗豁达中洋溢着幽默感与谐趣，的是东坡公的口吻语气，活灵活现出诗人豪迈乐观的神态，正如清代吴汝纶所评："纵逸不羁，如见其人。"

（高步瀛《唐宋诗举要》卷六）

总之，苏轼这首七律，抒情真率，意蕴深厚；对仗精妙，对法多样；起势奇崛，收笔纵逸；抑扬跌宕，大阖大开；气格高迈，洒脱流丽。它在东坡诗清雄旷放的主体风格中，增添了杜甫诗那种沉郁顿挫的音情，体现出东坡晚年律诗的思想与艺术特色，成为宋代七律的名篇。

海岛之梦　神奇瑰丽

——苏轼《行琼儋间……》

宋哲宗绍圣四年（1097），朝廷又一次大规模打击元祐党人。已贬居广东惠州的苏轼，于本年四月接到责授琼州（今海南海口市）别驾、昌化军（今海南儋州市）安置、不得签书公事的诰命，于六月渡琼州海峡至海南岛。在从琼州赴儋州路上遇雨，苏轼写了一首五言古诗《行琼儋间，肩舆坐睡，梦中得句云："千山动鳞甲，万谷酣笙钟。"觉而遇清风急雨，戏作此数句》：

　　四州环一岛，百洞蟠其中。我行西北隅，如度月半弓。登高望中原，但见积水空。此生当安归？四顾真途穷！眇观大瀛海，坐咏谈天翁。茫茫太仓中，一米谁雌雄。幽怀忽破散，永啸来天风。千山动鳞甲，万谷酣笙钟。安知非群仙，钧天宴未终。

喜我归有期，举酒属青童。急雨岂无意，催诗走群龙。梦云忽变色，笑电亦改容。应怪东坡老，颜衰语徒工。久矣此妙声，不闻蓬莱官。

这首纪行诗，题中肩舆，即轿子。按诗意的发展层次，可分为四段。开篇至"四顾真途穷"八句是第一段。四州，指宋时海南岛上的琼州、儋州、崖州（今三亚市崖城镇）、万安州（今万宁市）。环，环列。百洞，指黎族人所居洞穴。海南岛中央为五指山，黎族人居其中。四州在四边。蟠，盘结。积水，水所聚积，此指海。《荀子·儒效》："积水而为海。"王维《送秘书晁监还日本国》："积水不可极，安知沧海东。"这一段说：琼、崖、儋、万安四州环列在一岛之上，无数洞穴盘结在五指山中。我从琼州至儋州，历经海岛西北，正好走了一条半月弓形的路线。登高北望中原大地，只见海水茫茫一片，我这辈子何时能返回故乡呢？环顾四周，没有一条归路。从写景角度看，这一段体现了苏轼既善于把握自然环境的总体形势，从大处落墨；又擅长捕捉事物的特征，作生动逼真的刻划。宋人胡仔说："大率东坡每题咏景物，于长篇中只篇首四句，便能写尽，语仍快健。"就引了此诗首四句为例（《苕溪渔隐丛话·后集》卷二十九）。清代王文诰评曰："起四句如绘地图，接四句如释地理。"（孔凡礼点校《苏轼诗集》卷四十一）从抒情角度看，诗人行走在遍地山洞的海岛上，这里环境荒凉陌生，已没有他初到惠州时那种"仿佛曾游"既神秘又亲切之感。登高北望，视野所及，不见中原，只是浩淼无际的海水，四顾茫然无路，一种异国他乡、永无归日的凄凉感和孤独感洋溢于字里行间，令人读之黯然神伤，对身处逆境、险境乃至绝境的诗人满怀深切的同情。诗的第一段，就已紧扣人心。

"眇观大瀛海"到"万谷酣笙钟"八句是第二段。眇（miǎo）观，远望。眇，眯着眼看。大瀛海，古代传说中围绕九州的大海。《史记·孟子荀卿列传》载，战国时阴阳家邹衍认为，中国名叫赤县神州，赤县神州内自有九州。在中国之外，像赤县神州这样的地方有九个，称大九州。每一州有裨海（小海）环绕，与别州隔绝。大九州之外，有大瀛海环绕，那里是天地相交之处。坐，因、遂。谈天翁，指邹衍。因他善谈宇宙天地之事，人称"谈天衍"。太仓，古代京城的谷仓。语出《庄子·秋水篇》："计中国之在海内，不似稊米之在太仓乎？"稊（tí）米，小米，比喻其小。稊，草名，形似稗，实如小米。幽怀，郁结的情怀。永啸，长啸不止，形容风声。笙，古代一种管乐器。这一段说：我远望大海，不禁咏叹那位善于谈天的邹衍。他说中国之大，放在四海，不过是太仓中的一粒粟米，有谁来评说它的大小巨细呢？呼啸不止的天外来风，吹散了我心中郁结的愁情。风吹起，千山的草木像鳞甲一般扇动；万谷鸣，仿佛笙钟在热闹地演奏仙乐。这段前四句，苏轼抒写他远眺大海，思索邹衍关于中国、九州与大瀛海的言谈，思想逐渐通达，愁情得到舒解。苏轼次年在海南岛居住时写了一则杂感，题为《试笔自书》，具体生动地描述了他摆脱愁苦的过程，他写道："吾始至南海，环视天水无际，凄然伤之，曰：'何时得出此岛耶？'已而思之，天地在积水中，九州在大瀛海中，中国在四海中，有生孰不在岛者？覆盆水于地，芥浮于水，蚁附于芥，茫然不知所济。少焉水涸，蚁即径去，见其类，出涕曰：'几不复与子相见，岂知俯仰之间，有方轨八达之路乎？'念此可以一笑。"诗人首先由大看小，从天地、九州、中国，乃至所有生物都在"岛"中的宏观视野来宽慰自己；接着由小看大，从蚂蚁的卑微可笑来唤醒自己。于是，他的满腔愁苦涣然冰释，超越悲观消极思想，保持乐观豁达精神。这一思索过程，凸显出苏轼作为诗人兼哲人的人生智慧与辩证思维，也是此诗从"眇观"到"幽怀"句的注释。

"千山""万谷"一联，诗题中特意说明，这是苏轼目击琼州群山深壑雄奇景象后，梦中获得的警句。诗人挟海上风涛之气，以雄劲的笔墨，从视觉、听觉两方面表现新奇的感受和体验，营造出兼具飞动形态与美妙声响的意象和境界。清代吴仰贤说上句从杜诗"石鲸鳞甲动秋风"句化出，下句从杜诗"万壑树声满"及"疏种夹水奏笙簧"句化出（《小匏庵诗话》卷二）。杜诗"鳞甲动""万壑树声"以及"奏笙簧"意象，对苏诗可能有启迪。但笔者认为王维《送梓州李使君》诗的首联"万壑树参天，千山响杜鹃"，"千山"与"万壑"呼应，视象与听象对映，其构思、句法、对仗对苏轼影响更明显。然而王诗一联，上下句都用赋笔白描；杜诗的"石鲸鳞甲动"与"万壑树声满"，也是直接描绘的赋象；"疏钟夹水奏笙簧"虽用了比喻，却是明喻，诗句中喻体与本体并现，但二者距离太近，诗味不浓。苏诗这两句都妙用借喻，"鳞甲"与"笙钟"分别是草木与风声的喻体，诗句中省略了本体。南宋魏庆之《诗人玉屑》卷三把这种"比物以意而不指言一物"的句子叫做"象外句"。苏轼这两个"象外句"喻象奇丽，境界壮阔，真是奇思妙想的神来之笔！

"安知非群仙"到"笑电亦改容"八句是第三段。安知，怎么知道。钧天宴，指群仙在天上宴会作乐。《列子·周穆王》记周穆王到化人（幻化人）之宫，"王实以为清都紫微，钧天广乐，帝之所居"。《史记·扁鹊仓公列传》记赵简子疾不知人，既寤，曰："我之帝所甚乐，与百神游于钧天，广乐九奏万舞，不类三代之乐，其声动心。"钧天，天之中央；钧天广乐，天上的音乐。属，酌酒劝客。青童，即青童君，仙人名，见《太平广记》卷五八引《集仙录·魏夫人》。"急雨"二句，从杜甫《陪诸贵公子丈八沟携妓纳凉晚际遇雨》的"片云头上黑，应是雨催诗"化出。梦云，形容云的形状变幻莫测，如梦一般，用字出宋玉《高唐赋》。笑电，据旧题东方朔《神异经·东荒经》载，神仙在天上投壶（古代一种游戏，类似现在的投圈），如有投不中，天帝就会发笑，就是闪电。这一段说：难道不是群仙在天上宴会作乐还未结束，为我北归有期而高兴，让青童君举杯劝酒以示庆祝？急雨骤下，岂是无意？这是众仙人派群龙飞舞作雨，催我做诗啊。那变幻如梦的云霓和发出笑声的闪电，乃是群仙见到我做的诗变色改容，震惊高兴。诗人因千山鳞甲扇动，特别是万谷风声呼号仿佛弹奏仙乐而神思飞扬，突发奇想，想象到仙人的宴乐，是为庆贺他的北归有期而劝酒；又把瞬息万变的急雨云雷闪电，想象是群龙飞舞催他做诗，是仙人们赞赏他的新诗而兴高采烈。这一连串匪夷所思、奇幻瑰丽的想象，饱含着苏轼真率爽朗的性格，乐观豪放的感情，更袒露出他笑对逆境、藐视苦难的襟怀，读来神清气爽，奇趣横生。诗篇也由前半部的"写实境"转换、提升为后半部浪漫神奇的"造幻境"。

诗的最后四句，意蕴紧承上段，作者却换笔代群仙立言，写群仙之心意。颜衰，面貌衰颓。妙声，这里有双关意，既指因风声而联想的钧天广乐，又指作者的诗篇。蓬莱宫，仙宫。白居易《长恨歌》有"蓬莱宫中日月长"之句。这四句说：仙人们一定惊怪我空有工妙的诗句，却形容憔悴，那么衰老；他们说，蓬莱宫中已很久没有听到这种妙声了。清代纪昀评曰："结处兀傲得好，一路来势既大，非此则收裹不住。"（《纪批苏诗》卷四十一）王文诰说："'妙声'句虽为找足'群仙'诸语，实乃自为评赏，赞叹欲绝也。"（《苏轼诗集》卷四十一）的确，这是诗人借群仙之口，自为评赏，兀傲自负，又略带着谐谑自嘲，显示出他对其誉满天下的诗文创作成就的自豪感，也体现了他要继续坚持"秀句出寒饿，身穷诗乃亨"（苏轼《次韵仲殊雪中游西湖二首》其一）的创作道路，把这美丽神奇的海岛当作自己新的诗意栖居处，写出更多胜似钧天广乐的清歌妙声。

　　总的来看，苏轼这首诗展开了罕为人识的海南风光的奇丽画卷，使我们再次看到诗人那一双善于发现美的眼睛，触摸到他那颗热烈、敏感的诗心，体察到他那开阔的视野和坦荡的胸襟，也更深切感受了他天赋的神奇的艺术想象力。而诗人对宇宙人生智慧深刻的思考，敢于战胜穷困苦难的强大精神力量，以及他对人生、对诗歌、对一切美好事物的执著和追求，也都充溢在这首诗中，使我们深受启迪和激励。在艺术上，这首诗感情丰富，气势充沛，想象飞腾，造语奇伟，意境雄丽高远，前人评价很高。清代汪师韩说："行荒远僻陋之地，作骑龙弄凤之思。一气浩歌而出，天风浪浪，海山苍苍，足当司空图'豪放'二字。"（《苏诗选评笺释》卷六）纪昀云："以杳冥诡异之词，抒雄阔奇伟之气，而不露圭角，不使粗豪，故为上乘。源出太白，而运以己法，不袭其貌，故能各有千秋。"（《纪批苏诗》卷四十一）他们都指出了此诗具有与李白诗相似的雄奇豪放风格。苏轼同李白可谓隔代知音。苏轼的性格、才情颇与李白相近，他十分热爱并推崇李白其人其诗。苏轼这首诗前半篇描写琼州山中景色，已富有神奇色彩。后半篇写神仙世界的情景，明显学习、借鉴了李白《庐山谣寄卢侍御虚舟》与《梦游天姥吟留别》等诗的表现方法，因此也闪耀着浪漫主义的奇光异彩。比起李白诗，苏轼此诗在气势雄伟与形象辉煌流丽上稍逊一筹，也少了些飘逸，却比李诗多了对宇宙人生的睿智思考，也多了沉郁与旷达。这是李白诗和苏轼诗之相异，也是唐诗与宋诗的差别之一。

苏轼之诗各体皆工，但成就最突出的是七言古诗和五言古诗。他的七言古诗在学李白、杜甫、韩愈的基础上匠心独运，恣意挥洒，波澜浩大，变化不测，风格清雄，机趣横生。五古稍逊于七古，多作于晚年，倾心于陶渊明、柳宗元那种外枯中膏、似淡实美、质而实绮、癯而实腴的格调，但也有不少风格各异的佳篇，如《送郑户曹》《栖贤三峡桥》《泛颍》等。这首五古精神饱满，一气喷薄而出，逐层点清题意，宛如行云流水，却又顿挫跌宕（如"登高望中原"四句一顿挫，"安知"四句一烘托），波澜起伏。更难得的是，它还吸收了七古的特长，抒雄阔奇伟之气，又自然高妙，堪称东坡晚期五古诗的压卷之作。

以通感写幻听
——孔武仲《乘风过洞庭》

半掩船篷天淡明，飞帆已背岳阳城。

飘然一叶乘空度，卧听银潢泻月声。

这首七言绝句的作者孔武仲（1042—1098），字常父，北宋临江新喻（今江西新余）人。嘉祐八年（1063）进士。元祐中，历官礼部侍郎，出知洪、宣二州。坐党籍夺职，居池州卒。他与兄文仲、弟平仲皆以诗文名世，号为"三孔"，当时又与苏轼、苏辙兄弟并称"二苏三孔"。黄庭坚曾有诗云："二苏上连璧，三孔立分鼎。"（《和答子瞻和子由常父忆馆中故事》）不过，三孔的诗文成就远不如二苏。三孔中，武仲诗胜于文仲而逊于平仲，但他的山水诗写得更多更好，其中七绝和七律尤为出色。其七绝构思新颖，想象奇丽，笔墨雄健，意境壮美。诗原题为《五鼓乘风过洞庭湖日高已至庙下作诗三篇》，前二篇皆为七绝，写"五鼓乘风过洞庭湖"，后一篇是七律，写"日高已至庙下"，此是第一篇。诗题中的五鼓，即五更；庙，指黄陵庙，在湖南湘阴县北的黄陵山。相传山上有舜之二妃娥皇、女英庙，古称黄陵庙。

　　诗人自岳州（今湖南岳阳）乘船过洞庭湖，即景发兴，创作此诗。诗的艺术构思采取运实入虚、由真写幻的方法。前半篇写实。船篷，张盖在船上面，用以遮蔽日光、风、雨的设备，用竹木、苇席或帆布等制成。天淡明，天色微明。帆，挂在船桅杆上的布篷。背，离，向相反的方向行驶。这两句说：我从半掩着的船篷向外望去，但见曙光乍现，天色微明。这时，乘风疾驰的帆船，已远离了岳阳古城。这十四个字点题，交代了时间、地点、船行的方向，描写了帆船在拂晓中过洞庭湖的情景，是诗题中"五鼓乘风过洞庭湖"的形象表现。首句"半掩船篷"与"天淡明"连接紧密，因为船篷"半掩"而非全掩，诗人才能够看见湖天微明的景象。"背"字用得妥帖、精炼。尤其是"飞"字，夸张形容船帆高张，乘风疾驰，犹如展翅飞翔的鸟儿，为第三句"乘空度"作了有力的铺垫。这两句自然流畅，节奏轻快，也有助于烘托"飞帆"之动态，并为全篇的抒情定了基调。首句写景,推出一幅画面,次句再补叙情事。画在前头,说在后头,有引人入胜之妙。如果倒转过来,先说后画,诗的发端就平淡了。

在后半篇,诗人运实入虚,驰骋大胆奇特的想象,表现错觉和幻觉。第三句说,我忽然觉得自己好像是乘着一张苇叶,轻轻飘飘地凌空飞度。这一句,使读者从"一叶"之小想象出洞庭湖的广阔浩淼,写法与唐诗名篇王湾《次北固山下》中的"风正一帆悬"相似,妙在以小衬大;又使人由"乘空度"想象出月夜洞庭空明澄澈、水天相连的景象,巧在借虚写实,不着痕迹。与此句比较,南宋词人张孝祥的杰作《念奴娇·过洞庭》词中的"玉鉴琼田三万顷,着我扁舟一叶",却是小大兼写、虚实结合的。

"乘空度"是诗人的错觉和幻觉,并非生活的真实,但有了"天淡明"和"飞帆"的铺垫、衬托,就产生了艺术的真实,富于诗意,能引发读者同样的感觉与感受。

既然诗人已如"飘然一叶乘空度",那么第四句就水到渠成,写他飞到了高天上的银河之畔了。"银潢"即承"乘空度"而出。银潢,银河,天河。潢,水深而广。诗人躺卧在船上,看见天河中银波奔涌,波中流泻着溶溶月色,但不直写他卧看银潢泻月色,而是写他"卧听银潢泻月声"。诗人妙用"通感"的艺术手法,把视觉与听觉沟通,以耳为目,主要写"听月"并兼写"看月"。他在这一句诗中,同时描画出银河之光、月华之色及其流泻之声,呈现一幅有声画。"泻"字传声音摹动态,新奇美妙,逼真有力,堪称通篇之诗眼。这宛若神助的结句一出,也就营造了一个奇瑰高远、带有一点迷人的宇宙神秘感的意境。而诗人的心旷神怡情绪、澄明旷达心境、超尘拔俗意愿,连同他那英爽潇洒、飘然欲仙的浪漫气度,也都在这个意境中含蓄地体现出来。当代诗论家李元洛先生说:"结句却如夜空中闪亮的焰火,使全诗大放光明。"(余冠英、陶文鹏、韦凤娟主编《中国古代山水诗鉴赏辞典》,江苏古籍出版社,1989,694页)妙哉此喻!

银汉无声,诗人竟能听见其泻月之声。这幻听是超现实的,但诗人却表现得合情合理。正如李元洛所说:"这种'声'固然是船行水流所触发的联想,也与现实生活中的船行水响交织,天上人间莫之能辨。"(同上,695页)诗人在现实生活真实情境的基础上发挥诗的美妙想象,使这句诗实现了虚实结合,真幻交织,令人惊奇陶醉,拍案叫绝!

当然,"卧听银潢泻月声"并非孔武仲一空依傍的首

明·文伯仁《姑苏十景册·洞庭春色》

创。唐代大诗人杜甫《同诸公登慈恩寺塔》诗中,有"河汉声西流"之句,说他在大雁塔上听见了银河的涛声;天才的青年诗人李贺《天上谣》开篇,有"天河夜转漂回星,银浦流云学水声"的名句,想象银河上流荡的星云,也像水一样发出潺潺之声。孔武仲显然学习、借鉴了杜甫、李贺诗句描状银河水声的奇丽意象。但他不是照搬照抄，而是在前人作品中汲取营养后努力创新。杜甫的一句只描写银河西流的水声，李贺的两句写了天河的转动、流星与流云有声，孔武仲之句却同时写出银河月亮的光、色与流泻之声，并以此暗示船行水响。视听兼写，真幻结合，绘声绘色，堪称青出于蓝而胜于蓝。

但遗憾的是，孔武仲在这组诗的后二首中，又写了"枕底洞庭三万里，卧听天乐响丛嘈"和"想象虚空闻帝乐"之句，一再重复自己。显然，这三句中的幻听意象，远不如"卧听银潢泻月声"生动美妙。诗人犯了狗尾续貂之病，不足为训。后来，明代杰出的戏曲家兼诗人汤显祖写了一首《天竺中秋》："江楼无烛露凄清，风动琅玕笑语明。一夜桂花何处落？月中空有轴帘声。"诗写他在杭州的天竺山上赏月。前半首写赏月之人，后半首写月中之人。诗人从传说落自月宫的遍山桂花，想到了寂寞难耐的月中嫦娥，仿佛听到了嫦娥俯视人间的卷帘之声，抒写出徒闻其声不见其人的无限惆怅。这幻听的意象，新颖奇妙，是在孔武仲诗之后灵心妙想的独创。现代著名诗人何其芳学习古人以通感手法表现幻听的诗，也写出了"你听见，金色的星殒在林间吗"（《圆月夜》）的佳句。

诗艺与画技的交融
——道潜《临平道中》

> 风蒲猎猎弄轻柔，欲立蜻蜓不自由。
>
> 五月临平山下路，藕花无数满汀洲。

这首诗的作者道潜（1043—1106？），是北宋后期著名的诗僧，字参寥，本名昙潜，苏轼为其更名道潜。俗姓何，杭州於潜（今浙江临安）人，与秦观、苏轼等人有诗唱和。他的诗清新真率，风流蕴藉，深有唐人韵致，尤长于七言绝句，有《参寥子集》。临平，山名，在今浙江余杭县临平镇南。

苏轼评赞王维："味摩诘之诗，诗中有画。"（《书摩诘蓝田烟雨图》）道潜这首描写五月仲夏临平山下水边风光的诗，就是"诗中有画"的佳作。诗歌是时间艺术，又是主要诉诸听觉的艺术，擅长表现事物在时间进展中的动态变化；绘画是空间艺术，又是诉诸视觉的艺术，最宜描绘瞬息间在同一时空中并置景物的静态和色彩。道潜这首诗在艺术表现上最显著的特色，就是既发挥诗歌表现声音和持续动作的特长，又吸取和融会绘画的技法，在诗中突出展示具有鲜明视觉感的景物的一刹那，勾画出其形象、色彩，使诗与画水乳交融。而在具体的写景中，诗人又巧妙地注意大和小、远和近、动和静、工笔和写意的结合。于是，诗人描绘的这幅山水图景，有声有色，富于诗情画意，清丽恬静又生机盎然，令人十分喜爱。

诗的首句推出一个近景画面：一片水边的蒲草。蒲，是一种在江南水边常见的草，高约数尺，叶子狭长，受风容易飘动。猎猎，风吹蒲叶发出的响声。诗人用画家的工笔描绘蒲叶在和风吹拂中翩翩起舞的姿态，又以诗笔表现无形无色的"风"，以叠字词"猎猎"形容画家无法表现的声响。动词"弄"，把蒲草拟人化，好像它是在卖弄美妙的舞姿。"轻柔"二字用得精准、细腻、自然，这种既"轻"又"柔"的感觉，也是画家难于表现的。而从蒲草的轻柔舞动之姿，也使人感觉到这是一个风和日丽的日子。可见，诗的首句已是诗笔与画笔交织兼用。

诗的次句，突出描绘一只或数只蜻蜓。因为风吹蒲动，蜻蜓要站在蒲草上却总站不住。不自由，身不由己。这一句，犹如电影摄影师在风吹蒲草的近景中推出一个特写镜头。从绘画的角度来看，对蜻蜓的刻画，用了更加精细的工笔；而从诗歌的角度看，表现的是蜻蜓的动态，而且包含着时间的进程。以动态传神，是诗所擅长而画笔很难表现的。蜻蜓与风蒲仿佛在互相争斗、戏弄，也就带着戏剧性，颇有风趣。杜甫有"点水蜻蜓款款飞"（《曲江》）之句。道潜可能从杜甫这句诗中有所借鉴，但他写蜻蜓在蒲叶上摇晃不定、时停时去的动态，还写出蜻蜓"欲立"而感到"不自由"的"心神"，诗意更浓。"不自由"出于柳宗元《酬曹侍御过象县见寄》"春风无限潇湘意，欲采蘋花不自由"，被贬柳州的诗人说他欲采蘋花赠给故人而不能够，道潜活用前人诗中的词汇，而改变其意，亦有黄庭坚所说"夺胎换骨"之妙。

元代杨载在《诗法家数》中说："绝句之法，要婉曲回环，删芜就简，句绝而意不绝，多以第三句为主，而第四句发之。……宛转变化工夫，全在第三句，若于此转变得好，则第四句如顺流之舟矣。"道潜这首绝句的第三句，没有动词谓语，只是一个名词性短语，乍看平淡无味，其实已起到了承上启下、宛转变化、开拓诗境的关键作用。

首先，这七个字点了题，承接上文，补叙出前两句所写风景的时间、地点、位置，同时也就为结尾句的写景作了交代和铺垫，可谓照应前后。其次，字面上只是写了"路"，却巧妙地暗写出行走在"五月临平山下路"上的诗人。再次，南朝刘义庆《世说新语》载："王子敬云：'从山阴道上行，山川自相映发，使人应接不暇。'"道潜的"临平山下路"使人联想到"山阴道上行"，从而增添了诗情画意。

诗的第四句，藕花，即荷花。这里用仄声的"藕"字，造成前四字"仄平平仄"的拗救音节，避免"荷"字与"花无"连用三个平声。后蜀词人鹿虔扆《临江仙》有"藕花相向野塘中"之句。汀（tīng）洲，水边平地，这里指水面。诗人在大笔勾勒出一条临平山下路之后，即以绘画的大写意笔法，于风蒲背后展开自近到远的风景：在山下道路的两边，陂塘一望无际，莲叶田田，无数荷花开满了水面。这一句，鲜明地表现出夏日江南水乡最清丽动人、也最具时地特征的景色。与前一联写景物动态相对照，这两句是静态的描写。于是，一幅大小映衬、远近有致、动静相生、工笔与写意结合的有声画，便清晰地、富于层次感地完成了。值得注意的是，全篇写景纯用白描，语言朴素淡雅，没有使用一个带有颜色的字眼，但呈示于读者眼前的，却是一幅色彩明丽鲜艳的图画。诗人借助于色彩多样的意象及其相互映衬，并充分地发挥诗歌语言的启示性，在读者的灵视中唤起对于光、色、态的丰富联想和想象，画出了这幅有声有色的美妙图画。杜甫的"两个黄鹂鸣翠柳，一行白鹭上青天"（《绝句》）描写春天景色，两句诗用了四个颜色字；南宋诗人杨万里的"接天莲叶无穷碧，映日荷花别样红"（《晓出净慈寺送林子

佚名《荷汀水阁图》

方》）渲染西湖六月莲荷，一联中也用了两个颜色字；而道潜表现五月临平山下风景，通篇以淡墨画出有声有色之诗画。诗人们运用不同的艺术表现手法，各显神通，各极其妙。

这首诗四句都写仲夏临平道中所见所闻之景，无一句一字抒情，但我们从诗人所写景物中却能够感受到真挚亲切的情意。读前两句，我们仿佛看见这位诗僧满怀兴趣地欣赏风蒲弄轻柔之声与态，密切地关注蜻蜓欲立于蒲上而不得自由之状；读后两句，我们甚至能够听到他面对着无数盛开的荷花而发出的赞赏心音。全篇活现出一位喜爱动植物生机、热爱大自然的诗僧形象：他在行旅中为美景心旷神怡、目不暇接的神情，他的逍遥自在和悠然闲适意态，全都跃然纸上。这种通篇写景、情融景中的表现方法，使诗的意境含蓄蕴藉，耐人寻味。

道潜能够写出这首"诗中有画"的佳作，是他深谙诗艺与画艺相通又相异的体现。苏轼《书参寥论杜诗》载："参寥子（道潜）言老杜诗云：'楚江巫峡半云雨，清簟疏帘看弈棋。'此句可画，但恐画不就尔！"道潜既看到了杜甫这联诗视觉形象生动，诗中有画，所以说"此句可画"，却又指出："但恐画不就尔。"为什么呢? 钱锺书先生《读

〈拉奥孔〉》中引用了苏轼这则题跋,对道潜所说"画不就"的内涵作了精到的分析,指出:杜诗中大自然的动荡景象与小屋子里的幽闲人物的"宾主关系",尤其是那个"看棋"人的旁观而又特出的"主中之主"地位,是很难画出的。可见,道潜对诗画艺术奥妙多么精通!由于这首《临平道中》笔致自然,浑然天成,画意浓郁,诗趣洋溢,赢得了苏轼的青睐。《宋诗纪事》卷九一引《续骫骳说》载,苏轼一见此诗,就亲笔抄写,刻于石上。又据道潜《观宗室曹夫人画》诗的自序与《续骫骳说》所记,当时著名的女画家曹夫人曾据此诗画了一幅《临平藕花图》,很受欢迎,"人争影写"。

道潜这类写景清新活泼、饶有诗情画意的七绝小诗,对于后来宋代诗人曾几、陈与义、范成大、永嘉"四灵"、尤其是杨万里的七绝诗都有影响。杨万里用"活法"创作了许多活泼灵动、饶有奇趣、被称为"诚斋体"的写景七绝诗,如《小池》:"泉眼无声惜细流,树阴照水爱晴柔。小荷才露尖尖角,早有蜻蜓立上头。"不难看出,是学习与点化了道潜这首《临平道中》的。

景美情真　格高理深
　　——黄庭坚《登快阁》

　　　　　　痴儿了却公家事，快阁东西倚晚晴。

　　　　　　落木千山天远大，澄江一道月分明。

　　　　　　朱弦已为佳人绝，青眼聊因美酒横。

　　　　　　万里归船弄长笛，此心吾与白鸥盟。

　　这首诗的作者黄庭坚（1045—1105），字鲁直，号山谷道人，晚号涪翁，洪州分宁（今江西修水）人。他以诗文受知于苏轼，与秦观、张耒、晁补之并称"苏门四学士"。在政治上，他与苏轼同命运、共进退，屡遭新党打击，最后被贬到偏远的宜州（今广西宜山），死于贬所。在诗歌创作上，他与苏轼并称"苏黄"。他虽不如苏轼那样才华横溢，却同苏轼一样想象丰富，学问渊博；他对诗艺所下的功夫比苏轼更深细，因此成为宋代的杰出诗人，他的诗最鲜明地体现出宋诗的特色。

　　元丰五年（1082）秋，黄庭坚在太和（今江西泰和）县令任上已经三年。快阁在县城东，前临赣水，风景绝佳。这首诗描写他登阁所见的秋日黄昏美景，表现其胸襟品格，抒发其思乡怀友、弃官归隐之情，是山谷的七律名篇。

　　诗的首联，痴儿，犹言痴人、呆子。公家事，指官事。了却公家事，即办完官事。这两句说，我这个呆子办完了公家的事，登上快阁，时而东时而西，倚栏观赏傍晚雨后初晴的美好景色。起句不直写登阁，而先写"了却公家事"，是侧笔逆入，借"了事"的快意自然引出登"快阁"，使上下句巧妙联接。黄庭坚作诗，讲究谋篇结构严密奇巧，擅长运用典故，刻意烹炼字句，追求以俗为雅、以故为新，语言精警，诗意含蓄丰厚。这一联诗，多是俗字俗词，接近口语，乍看是诗人脱口而出，涉笔成趣，其实诗句中活用了历史典故与前贤诗句。

　　《晋书·傅咸传》记载，傅咸性刚直，每上书言事，执政杨骏恶之，骏弟济与咸友善，作书对咸说："江海之流混混，故能成其深广也。天下大器，非可稍了，而相观每事欲了。生子痴，了官事，官事未易了也。了事正作痴，复为快耳!"此诗首句七字，即出自这个典故。朱自清先生分析说："鲁直用'生子痴，了官事'一典，却有四个意思：一是自嘲，自己本不能了公事；二是自许，也想大量些，学那江海之流，成其深广，不愿沾滞在了公事上；三是自放，不愿了公事，想回家与'白鸥'同处；四是自快，了公事而登快阁，更觉出'阁'之为'快'了。"（《朱自清古典文学论文集·诗多义举例》，上海古籍出版社，1981，74页）一句七字，竟表现出四种情思，堪称言简意赅。

次句的句法与字法，也是从唐人的诗句中脱胎而出。杜甫有"注目寒江倚山阁"（《缚鸡行》），李商隐有"西楼倚暮霞"（《闲游》）、"高楼倚暮晖"（《即日》）、"人间重晚晴"（《晚晴》）。黄庭坚点化杜甫与李商隐上述诗句，融铸出新警之句。"倚晚晴"三字搭配奇特，使人和环境融为一体。缪钺先生说："含有倚阁赏晚晴两重意思，如果用'赏'字，就显得呆板了。"（《宋诗鉴赏辞典》，599页）评赏精切。"倚晚晴"的意象组合，还使我联想到唐代"好奇"诗人岑参的"孤灯燃客梦，寒杵捣乡愁"（《宿关西客舍寄东山严许二山人》），甚至想到现代诗人臧克家的"蝙蝠翅膀下闪出了黄昏，蛛网上斜挂着一眼闷热"（《场园上的夏晚》）。这些诗句都是用具体实在的动词同抽象的或虚无缥缈的情景搭配，从而化虚为实，化抽象为具象，加强了主观的感受和感情，使诗句富于想象力，新奇、警拔，意味隽永。

诗的颔联紧密承接首联末三字"倚晚晴"，展现出登阁所见的一幅江天美景。这两句说：远望无数秋山，树叶都已凋落，天空更显得辽阔远大；清澈的赣江在快阁下流过，一弯初月映照水中，格外明亮柔美。出句与对句都妙用映衬、烘托的艺术手法，以千山落木衬出天的高远，用一道澄江映出月的分明。这一联从杜甫《登高》"无边落木萧萧下，不尽长江滚滚来"、白居易《江楼夕望招客》"灯火万家城四畔，星河一道水中央"、柳宗元《游南亭夜还叙志七十韵》"木落寒山静，江空秋月高"等句化出，兼有景美、情真、格高、理深之妙。景美，是说诗人把清秋晚晴的江天景色描绘得十分明净高远，优美动人，仿佛一幅妙造自然的水墨写生画。诗人琢句之精致，用字之洗练，令人击节叹赏。情真，是说诗人融情于景，我们从这幅如画的美景中，可以感受到他在繁琐公事之余登临远眺时的兀傲神态和畅快心情。格高，是说诗人在写景中表现出他的宽广胸襟、远大抱负、澄明心境，显示出一种不受俗世红尘污染的高洁精神境界。

诗人黄庭坚既是忧国忧民、坚持仁义节操的儒士，又曾研读庄子，精通释典，与江西禅门临济宗的黄龙派关系密切，并从祖心禅师学道。他圆融儒道佛三家思想，形成了一套内儒外佛道的人生哲学。在这一联诗中，他又借秋月澄江景色，含蓄地表达出佛理禅趣。正如孙海燕博士所说："所写之景既是寓目直观之境，又是诗人以明净禅心所体悟到的独特之境，秋月、澄江，两者都是清净明彻的，交相辉映，生发了一种水月两忘的明澈禅境。外境与内心契合统一，心即是境，境即是心，融理于景，又不落痕迹。"（《黄庭坚对传统诗歌意象的禅意化演进》，收入拙编《两宋士大夫文学研究》，中国社会科学出版社，2012）情、景、理的交融契合，使这联诗的意境高远深邃，给读者以涵茹不尽的审美快感与思想启迪。清代潘德舆《养一斋诗话》卷五称此二句为"奇语"，张宗泰《跋张戒〈岁寒堂诗话〉》赞其"意境天开，则实能辟古今未泄之奥妙"，洵非虚誉。

清代诗人兼诗评家查慎行评此二句"极似杜家气象"（方回选评、李庆甲集评《瀛奎律髓汇评》卷一）。山谷这联诗学习、借鉴了杜甫《登高》的"无边落木萧萧下，不尽长江滚滚来"，气象高远阔大，却无杜诗雄浑动荡的气势和沉郁悲凉的情调,而自有清朗澄澈、宁静澹泊的意境,以及明心见性、观心观道的佛理禅趣。这是杜、黄两位诗人所处不同的时代环境和他们不同的身世遭遇、思想性格、审美情趣所决定的。

诗的颈联抒发世无知音的感慨。上句,朱弦,指琴弦,通常染成红色,故称朱弦。佳人,美人,指知己朋友。绝,断。《吕氏春秋·本味》载,古时俞伯牙善鼓琴,钟子期是他的知音。子期死,伯牙破琴绝弦,终身不复鼓琴。又,三国魏诗人嵇康《赠兄秀才入军诗》有"目送归鸿,手挥五弦"及"鸣琴在御,谁与鼓弹?……佳人不存,能不永叹"语,这句似亦兼用其意,下句即由嵇康想到阮籍。下句,青眼,用《晋书·阮籍传》事。阮籍能为青白眼,见到讨厌的人,以白眼对待;见到喜欢的人,就用青眼。嵇康持酒挟琴来访,阮籍很高兴,遂对以青眼。青即黑,青眼就是眼睛正视,黑眼珠子在中间,表示对人的好感。白眼,即翻眼睛,露出眼白,表示轻蔑。聊因,姑且为了。横,横斜着眼睛看。诗人借用两个典故,营造出饶有诗味的典象,生动地表白自己虽心怀大志,但世无知己,不愿再施展才能,就像伯牙扯断朱弦不复鼓琴;只有见到了美酒,眼中才勉强露出喜悦的神情。律诗中间两联,按照格律要求对仗，对仗不仅要工稳妥帖，还要两联在句意、句法、字法上有变化，避免雷同。此诗颔联写景，颈联抒慨；颔联纯用实词，颈联用"已为""聊因"两个虚词呼应、转折；颔联诗句的节奏是"四三"，颈联诗句的节奏是"二五"；颔联是"正对"，颈联是"反对"，但句意贯通，似水顺流而下，又如"流水对"。总之，两联对仗工切匀称，自然意远，富于变化，显示出诗人高超的艺术功力。清人吴汝纶评此诗："意态兀傲。"（《唐宋诗举要》卷六）颈联的"横"字与首联的"倚"字，都用得生新，常字见奇，凸显出诗人兀傲旷放的神情意态，亦可见诗人炼字之精。

诗的尾联，表示弃官归隐之意。上句，弄，这里是吹奏的意思。长笛，一种五孔的竹笛。东汉马融《长笛赋》："可以写神喻意，溉盥污秽，澡雪垢滓。"弄长笛，即有写情畅神、怡志保身之意。万里归船，暗用杜甫《绝句》："窗含西岭千秋雪，门泊东吴万里船。"与白鸥盟，典出《列子·黄帝》，海上有好鸥者，每日从鸥鸟游，其父云："吾闻鸥鸟皆从汝游，汝取来，吾玩之。"次日此人至海上，鸥鸟便不再飞下来。意思是说人无"机心"（诡诈的心思），鸥鸟才愿意跟他做朋友。后多用以指隐居自乐，与世隔绝，不存机诈之心。这两句说：我多么希望能驾一叶扁舟，吹出宛转悠扬的长笛声，乘风万里，回到魂牵梦萦的故乡！我这颗心儿啊，早就跟白鸥订好了盟约，彼此相伴，永远寄身于江湖。诗人巧妙化用了马融赋、杜甫诗，以及《列子·黄帝》的典故，从中汲取、提炼出"万里归船""长笛""白鸥"等意象，组合成一幅情景优美、节奏欢快的想象图画，将弃官归隐的心愿表达得那么淋漓酣畅，富于诗情画意，既使诗人自己心旷神怡，也令历代读者为之心驰神往。反复吟味这个结尾，笔者忽然想到杜甫"生平第一首快诗"《闻官军收河南河北》的尾联："即从巴峡穿巫峡，便下襄阳向洛阳。"这两首诗的结尾，都用想象之笔描绘情景，喜悦之意也都一气流注于句中。黄庭坚一生写诗奉杜甫为师，从此诗的颔联和尾联看，他是多么善于学杜啊！

清代和现代的诗评家对这首诗的章法结构和韵律音调多有赞赏。姚鼐最早指出此诗"能移太白歌行于律诗"，方东树《昭昧詹言》卷二十引了姚语，并进一步阐发说："起四句且叙且写，一往浩然。五六句对意流行。收尤豪放。此所谓寓单行之气于排偶之中者。"潘伯鹰《黄庭坚诗选》评："此诗一气盘旋而下，而中间抑扬顿挫又极浏亮。"确实，读这首格律森严的七律诗，使人感到像是读李白的长篇歌行，笔势如风，一气盘旋，又如江河滔滔，奔泻而下。从首联登阁到次联揽景，再到三联怀友、末联思归，意脉密切相连，虽有抑扬开合，却无大的曲折；音节声韵也和谐流丽、明快浏亮，爽利异常。总之，从构思、立意、格调、章法、句法、字法、用典、对仗、音韵各个方面来看，这首诗都已达到精切自然、无一瑕疵的艺术高境。南宋吕本中《童蒙诗训》说此诗"已自见成就处"。元代方回《瀛奎律髓》卷一也评曰："吕居仁谓山谷妙年诗已气骨成就，是也。"应当指出，此诗虽在字里行间透出一股兀傲奇崛之气，但语言并不瘦硬，声调也不拗峭，全篇仅"弄长"二字拗，其他字句皆合律，是一首风清骨峻、兼具意境情韵之美的佳构，堪称庭坚中年七律的代表作。元人韦居安《梅磵(jiàn)诗话》卷上说，太和的快阁，经黄庭坚作诗品题，"名重天下，前后和者无虑数百篇，罕有杰出者"。

奇语对比　情意丰厚
——黄庭坚《寄黄几复》

我居北海君南海，寄雁传书谢不能。

桃李春风一杯酒，江湖夜雨十年灯。

持家但有四立壁，治病不蕲三折肱。

想得读书头已白，隔溪猿哭瘴溪藤。

这也是黄庭坚诗的七律名篇。诗题下原注："乙丑年德平镇作。"乙丑年为元丰八年（1085），庭坚四十一岁。德平镇，在德州东北，即今山东商河县德平镇。元丰六年十二月，庭坚从江西太和县移监德平镇，至元丰八年五月，一直在德平任职。黄几复，名介，字几复，豫章（今江西南昌）人，是诗人早年交游的好友，当时任四会（今属广东）县令。

古人常常以诗代柬，这就是一首寄赠友人的诗简。

诗人于治平四年（1067）春登进士第，开始进入仕途，到元丰八年，已将近二十个春秋，一直政治失意，沉沦下僚。由于他对王安石变法基本持反对态度，又与顶头上司德州通判赵挺之等人不合，因此心情苦闷，就格外思念远方的好友。这首诗前半篇抒写与黄几复的交情和对他的怀想，后半篇称赞黄几复为官清廉能干，发奋攻读，却也像自己一样仕途蹭蹬，生活艰苦。全篇情真意挚，寄慨深长，亲切感人。

诗的起句说，我住在北海之边，您住在南海之滨。这一句化用了《左传·僖公四年》载楚成王传给齐桓公的话："君处北海，寡人处南海，惟是风马牛不相及也。"诗人用"北海"和"南海"分别指代离海不远的德平与四会两地，化抽象为具象，又构成句中对仗，有音节复沓错综之美。而典故中的"风马牛不相及"，又自然带出次句写南北远隔，音信难通，承接紧密。次句，寄，托。谢，辞谢，推辞。古代有雁足传书和大雁南飞不过衡阳回雁峰的传说，更不用说飞到岭南了。这里用了这两个传说。"谢不能"还用了《史记·项羽本纪》中陈婴之语。这句意谓：我想托大雁给您捎封信，它却推辞说"不能"。诗人将大雁拟人化，把音信难通之意表达得新颖奇妙，情趣盎然。

黄庭坚有一段谈论诗文创作的话很有影响，他说："自作语最难，老杜作诗，退之作文，无一字无来处；盖后人读书少，故谓韩杜自作此语耳。古之能为文章者，真能陶冶万物，虽取古人之陈言入于翰墨，如灵丹一粒，点铁成金也。"（《与洪甥驹父》）这首诗的首联和颈联，就多处用了史传的典故及其散文语言入诗，使近体律诗带有古朴苍劲的风格，并使其意蕴更丰厚，正是诗人"点铁成金"说的成功实践。近人陈衍就赞赏说："次句语妙，化臭腐为神奇也。"（《宋诗精华录》卷二）

诗的颔联说：昔日在桃李春风中，我们举杯共饮美酒，何等欢快，可惜聚会的时间太短暂了；此后一别十年，各自漂泊江湖，独对孤灯，独听夜雨，彼此思念，倍感凄凉。这一联诗不用一个动词，全用名词组合成句。这些名词所表达的景物意象，在前人诗中都是常见的，如"二月春风似剪刀"（贺知章《咏柳》），"春风得意马蹄疾"（孟郊《登科后》），"桃李阴阴柳絮飞"（王维《酬郭给事》），"劝君更尽一杯酒"（王维《送元二使安西》），"江湖多风波，舟楫恐失坠"（杜甫《梦李白》），"雨中黄叶树，灯下白头人"（司空曙《喜外弟卢纶见宿》），"君问归期未有期，巴山夜雨涨秋池"（李商隐《夜雨寄北》）等。黄庭坚把这些景物意象加以陶冶，精心组合，使"桃李春风"与"江湖夜雨"、"一杯酒"与"十年灯"形成工巧的对仗和强烈的对比，从而营造出两个情景迥异、各具象征性的时空境界。而诗人与黄几复青年时的友情、风发的意气、短暂的欢会、中年以后的长久分别与凄苦思念，全都融入了这两个对比鲜明的境界之中。宋人释普闻《诗论》评此联诗云："春风桃李但一杯，而想象无聊，屡空为甚。飘蓬寒雨十年灯之下，未见青云得路之便，其羁孤未遇之叹具见矣，其意句亦就境中宣出。'桃李春风'、'江湖夜雨'，皆境也。昧者不知，直谓境句，谬矣。"由于情寓象中，意从境出，让读者欣赏到美妙的意象并沉浸在深远的意境中，进而浮想联翩，感受并咀嚼蕴涵于境中象外的丰富复杂情意，真是越咀嚼越有味，所以黄庭坚的诗友张耒赞叹这一联"真奇语"（郭绍虞《宋诗话辑佚》卷上《王直方诗话》，中华书局，1980，62页）。

这种只以名词连缀成的对仗联句，在此前有晚唐温庭筠的"鸡声茅店月，人迹板桥霜"（《商山早行》），写早行情景，意象具足，宛然在日。欧阳修在《六一诗话》中评论说："道路辛苦，羁愁旅思，岂不见于言外乎？"此后，又有南宋陆游的"楼船夜雪瓜洲渡，铁马秋风大散关"（《书愤》），以精彩的意象组合表现出诗人的两段从军战斗经历，雄放豪迈，充沛着恢复中原的报国壮志。这两联诗历来脍炙人口。但比较起来，黄庭坚此联富于象征性，意象组合奇妙，上下句对比鲜明强烈，其蕴含的情意丰厚复杂，在艺术表现上更高一筹。在此联中，下句"江湖夜雨"与诗人大胆创新的意象"十年灯"连接，把十年来二人于夜雨孤灯下凄苦思念的情景和氛围表现得非常动人，胜于上句。清代沈德潜的七绝《雨泊话旧》云："寒雨潇潇夜打篷，蓬窗相对一灯红。十年无限存亡感，并入空江话语中。"显然学习、借鉴了庭坚此句。

　　诗的颈联，上句四立壁，化用《史记·司马相如传》"家居徒四壁立"语。下句蕲（qí），同"祈"，希望、祈求。肱（gōng），手臂从肘到腕的部分，泛指手臂。三折肱，语出《左传·定公十三年》"三折肱，知为良医"，意谓多次折臂，就能懂得医治之法。这两句赞扬黄几复为官清正廉洁，家境贫寒，只有四堵空荡荡的墙壁，但他很有才干，不须经历困境，就能办好政事。黄庭坚主张作诗要活用典故，避熟求生，推陈出新，烹炼字句要奇崛警拔，"宁律不谐而不使句弱"（《题意可诗后》）。这里他把典故中的"四壁立"改为"四立壁"，使之与"三折肱"字字工对。上句"但有四立壁"连用五个仄声字，并不在下句补救，下句也顺中带拗。用拗体写七律创自杜甫，庭坚学杜，写拗体七律更多，拗峭的程度也大大超过了杜诗。这一联瘦硬奇峭的语言和音调，更有力地凸显出黄几复守正不阿、兀傲不俗的品格，以古拙奥峭破除平庸圆熟，体现了内容与形式的和谐统一。

律诗中间两联，很注重内容和形式都要有变化，不能雷同。此诗颔联写与友人的交游和别离，颈联称赞友人的人品才干；颔联句法是上四下三式，颈联变为上二下五式；颔联从对仗方法说是正对，但上下句意、情调相反，颈联用反对法，诗意却流贯而下；颔联以白描手法营构意象，语言优美，音节流丽，颈联用典故成语创造典象，语言瘦硬，音节拗峭。元代杨载说，律诗颈联"与前联之意相应相避，要变化，如疾雷破山，观者惊愕"（《诗法家数》）。山谷这两联诗做到了相应相避，变化不测，自然能够引起读者审美的新鲜感。

诗的尾联，猿哭，猿声悲切，故云"哭"。瘴，瘴气，南方山林中易使人染病的湿热之气。这两句想象友人在极艰苦的环境中仍坚持读书。诗人既敬佩友人豁达乐观的胸襟与奋发进取的精神，也表达了其郁积内心的怜才之意与不平之鸣。两人志大才高，却一直困顿失意，任职卑微，可谓"同是天涯沦落人"，怎能不惺惺相惜！因此，诗人对挚友的怜惜赞誉，其实也是诗人的自怜与自誉。读完此诗，我的眼前映现出这两位古代仁人志士的形象，他们怀才不遇，人生坎壈，仍满怀浩气，肝胆相照，闪耀着思想人格的光彩。

从艺术表现角度看，这个结尾宛若撞钟，清音有余。结句可能点化了杜甫"殊方日落玄猿哭"（《九日五首》其一）和李贺"不见年年辽海上，文章何处哭秋风"（《南园十三首》其六），但化用无痕，如同己出，意象生动，情味

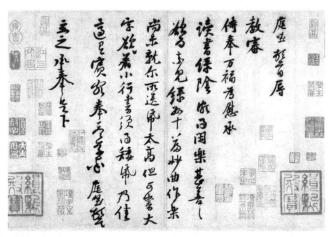

黄庭坚《教审帖》

深沉。诗人先以"想得"领起，再写友人在南海滨的生活境况，与首联遥相呼应。南宋沈义父《乐府指迷》说："结句须要放开，含有余不尽之意，以景结情最好。"黄庭坚在结句推出一个有声的画面：山林中瘴气弥漫，溪声潺潺，猿猴在苍藤上悲啼。专注读书的友人满头白发映在青溪水中，其琅琅书声与悲切猿声相互应和。此景此情，苦中有乐，悲中有壮，令人心弦震动，感慨无穷。

著名老诗人兼学者霍松林评曰："此诗善用典故，内蕴丰富，以故为新，运古于律，拗折波峭，很能表现出黄诗的特色。"（《宋诗鉴赏辞典》，506页）评得精切。笔者想补充说：黄庭坚的七律风格多样。这首诗属于其拗体七律，但拗中不乏清新流丽，既不同于此前风格高华明快的《登快阁》，亦有别于其后句句皆拗、奇恣瘦硬的《题落星寺岚漪轩》。

画小生物　寓意深沉
——陈师道《春怀示邻里》

断墙着雨蜗成字，老屋无僧燕作家。

剩欲出门追语笑，却嫌归鬓逐尘沙。

风翻蛛网开三面，雷动蜂窠趁两衙。

屡失南邻春事约，只今容有未开花。

　　这首七律的作者陈师道（1053—1102），字履常，又字无己，号后山居士。北宋徐州彭城（今江苏徐州）人。早年师从曾巩。元祐二年（1087），苏轼等推荐他任徐州州学教授。绍圣元年（1094）被看作苏轼余党而罢归。元符三年（1100）召为秘书省正字，不久病卒。他被后人列为"苏门六君子"之一，是江西诗派的重要诗人，与黄庭坚并称"黄陈"。诗学黄庭坚，后又进一步学杜甫，苦吟不倦，精心锤炼，其佳作感情真挚，风格古朴瘦硬。有《后

陈师道像

山集》。

此诗作于元符三年春。这时，诗人被罢职困居徐州已近六年，生计维艰，贫病交加。诗题"春怀"，即春日的情怀。示，告诉别人，写给人看。邻里，邻居，指寇国宝，作者的同乡与学生。面对着旖旎春光，饥寒交迫的诗人只能缘其愁情营造意象，所以诗的开篇两句就写自己居处的破败。蜗成字，蜗牛爬过之处，留下粘液痕迹，屈曲有如篆字，称为蜗篆。这两句说：我借居的破庙，断墙被雨水淋湿后，蜗牛随意爬行，留下的痕迹好像许多篆体字；这百年老屋，连行脚僧也都走了，只有燕子衔泥到梁上筑巢安家。上句语出唐人段成式《酉阳杂俎》"睿宗为冀王，寝室壁间蜗迹成天字"。这两句写景状物，融情于景，借物写人。"蜗成字""燕作家"生动描摹两种小动物的得意状态，语带谐谑，分明是作者自我调侃的戏笔，却凸显出作者居屋的残破荒凉，令人真切地感受到作者贫穷凄苦的生活境况，从内心中引发出深深的同情。律诗首联不必对仗，这两句却是对仗精工，每句前四字与后三字皆有因果联系，诗句凝炼而流畅，颇见陈师道诗学杜甫的艺术功力。宋代诗人喜欢表现琐屑的日常生活，往往选择那些在唐人看来缺乏诗意的事物来描写，追求意象的生新出奇，使诗更富于生活气息，更有人情味。从梅尧臣、欧阳修到苏轼、黄庭坚的诗，都具有这些特色；而在陈师道笔下，这些特色尤为鲜明突出，这一联诗即是例证。

诗的三四句点题，告诉邻里未能如约去游春的原因。剩欲，颇欲，很想。逐，追赶。这两句说：本来很想出门追随说笑的游人赏春，却怕归来时赶上尘沙，扑满鬓发。诗人展示自己内心的矛盾，同时巧妙地点染早春气象。徐州地处苏北，春寒料峭，多有风沙。"归鬓逐尘沙"切时切地。从这一联诗中，活现出作者自我——一个贫穷衰老、孤居独处、拙于交往的寒士形象。作者《和黄充出游》诗中，有"剩欲登临强作欢，衣冠未动意先阑"一联，与此二句意同，但过于直露，不如此二句有形象，有诗味。清人纪昀赞赏陈师道"虚字炼得好"（《瀛奎律髓汇评》卷一），这两句以两个虚字修饰的动词"剩欲"与"却嫌"领起，一开一合，一放一收，前后呼应，转折如意，显出诗人运笔灵活，炼字精切。

诗的五六句写眼前所见，描绘春气和暖中的物态，是全篇最精彩的一联。蜂窠，蜂巢、蜂窝。趁，赶、逐。两衙，群蜂簇拥蜂王，如众官员吏役朝拜护卫着主子，称为蜂衙；蜂衙有早晚两次，故云。雷动，一说群蜂为春雷惊起，一说群蜂聚集窠中，响声如雷。笔者以为二说皆可通，也可兼容。这两句说：春天来了，蜘蛛忙着张罗结网，准备捕捉飞虫。但它辛辛苦苦结成的网，却频频被风吹破。春雷震响，蜜蜂纷纷外出采花酿蜜，早晚两次排成行列赶回蜂巢，它们嗡嗡的鸣声也犹如春雷响。在首联描写蜗成字、燕作家之后，这一联又描绘风翻蛛网、雷动蜂窠，似有重复之病，但纪昀评得有理："起二句言居处之荒凉，五六句言节候之暄妍，故两联写景而不为复。"（同上，卷十）的确，这两句写蜘蛛和蜜蜂的活动，更生动细致，活泼有趣，而且以小见大地呈现出有声音有动态、生机盎然的春天景象，可见诗人观察之细、感受之新与描摹之巧，更可见诗人于饥寒交迫中仍然保持着对人生、生命和大自然的热爱，十分难能可贵。在唐代诗人中，杜甫最善于描写自然界的小生物，例如其名句"细雨鱼儿出，微风燕子斜"（《水槛遣心》）、"芹泥随燕嘴，花蕊上蜂须"（《徐步》）等，陈师道这联诗摹状出早春气氛中小小生命的活跃情状，颇得杜诗的神韵意趣。

既然诗的颈联已呈现出春天的蓬勃生机，诗人原本孤寂、慵懒的心绪也因春光的触拨而转为开朗欢快，于是诗的尾联也就自然收合，示意邻里准备践约游春赏花。南邻，指寇国宝，他住在陈师道的南面隔壁。师道《谢寇十一惠端砚》诗戏称他是"南邻居士"，又在《戏寇君》诗中说："南邻歌舞隔墙听。"春事，指踏青赏花等一类游春活动。约，相约。只今，如今。容有，宋人任渊注为"犹言岂容复有也"，即不再有未开的花。笔者认为与上联及此联情意相悖，不妥，应释为或有，也许还有。这两句说：你这位南邻居士多次邀我春游，我屡屡失约，如今我真想践约了，外面也许还有一些未开的花可供观赏吧！上句交代自己屡次失约，深表歉意；下句用委婉、商量、推测的语气表达应约一道春游之意，显得亲切，体现出两人的真挚友谊。至此，诗已缴足了题意，婉转曲折地抒发了春日情怀，而把游春赏花的情景留给读者去想象、补充。

以上所赏析的，还只是此诗浅层表面的情思。而此诗所以被视为后山诗中的名篇，还由于诗中包涵着更深邃的意蕴。南宋包恢在《书徐致远无弦稿后》一文中说："诗有表里浅深，人直见其表而浅者，孰为能见其里而深者哉！犹之花焉，凡其华彩光焰，漏洩呈露，烨然尽发于表，而其里索然，绝无余蕴者，浅也；若其意味风韵，含蓄蕴藉，隐然潜寓于里，而其表淡然，若无外饰者，深也。"（《宋金元文论选》，人民文学出版社，1984，387页）如果联系诗人的生平、个性、品格，联系写作此诗这一年的政治背景，以及他在此诗中暗含的典故，就不难察觉此诗于"其表淡然"中，有着"隐然潜寓于里"的意蕴。陈师道仕途蹭蹬，一生清贫，却很有骨气，不依附权贵，不苟合世俗。在他贫居徐州的数年中，"当权者或召见之，顾非其好，不往"（谢克家《后山居士集序》）；他与权臣赵挺之是连襟，赵曾两次诬陷苏轼。《朱子语类》卷一三〇载：他穷得没有衣服抵御严寒，却耻于穿妻子从赵家借来的冬衣，宁愿"冻病"而死。据此，诗的第四句"却嫌归鬓逐尘沙"，应是语义双关，既是写实又是隐喻，含蓄地表达虽然生活贫困，却不愿在风尘中追逐，要保持高尚的情操。诗中第五句写景状物，暗用了商汤的故事。《史记·殷本纪》载："汤出，见野张网四面，祝曰：'自天下四方皆入吾网。'汤曰：'嘻，尽之矣！'乃去其三面……诸侯闻之，曰：'汤德至矣，及禽兽。'"谓商汤曾令设网捕猎者撤除三面之网而仅留一面，以示仁慈。后因用作称颂帝王施行仁政的典故，常用以比喻宽刑赦罪。第六句的"两衙"也用了典故。宋人任渊注引陆佃《埤雅·释虫》云："蜂有两衙，应潮。"蜂在排衙时，是海潮将到的征兆。陈师道写作此诗的这年正月，宋哲宗死，十七岁的徽宗继位，由皇太后向氏处分军国大事。她为了调和两党之争，遂下诏召回被放逐他乡的元祐党人如苏轼等人。联系这一政治背景，诗的五六句在写景状物中暗用了典故，就不只是为了丰富诗的意象、增加诗的书卷气，而更主要是借典故来寄托深化诗的意蕴。笔者体会，诗的第五句既暗讽赵宋王朝的执政者长期实行严酷的党禁，迫害了不少忠于朝廷又有才能的元祐党人，又庆幸朝廷终于如商汤那样"网开三面"，使忠臣贤士得以回朝。而第六句以欣喜之笔写蜂趁两衙，其隐含之深意是：他也可能得到朝廷任用，就像蜜蜂趁衙一样上朝参拜皇帝。总之，诗人隐晦地表达了他对当时政坛变化的感受与期待。然而，当时政治风云变幻莫测。不久，向氏去世，徽宗亲政，重新起用新党，更残酷地打击元祐党人。陈师道虽得授秘书省正字，入京供职，但官职卑下。长期被贫穷折磨得体衰多病的诗人不久就病故了，他终究未能实现为国做一番事业的抱负。诗人之悲剧人生，千载之下，仍令人扼腕叹惜！

然而，诗人留下了近七百首诗歌，其中不乏脍炙人口、永久传诵的佳作。像这首七律，即事抒怀，意象生动活泼，章法起伏跌宕，用典灵活贴切，意蕴含蓄深邃，风格朴挚瘦硬，是诗人惨淡经营的成果。元代方回评此诗："淡中藏美丽，虚处着工夫。"清代纪昀评云："刻意劖（chán）削，脱尽甜熟之气。"查慎行指出，次句"僧"字"无着落"，"因通首与僧无涉"（《瀛奎律髓汇评》卷十）。以上评论或赞誉或指瑕，都很中肯。陈师道作诗刻苦锤炼，好处是运思幽僻，意象深沉，字句凝炼，却难免生拗艰涩之病。

春雨断桥的野趣和理趣
——徐俯《春游湖》

双飞燕子几时回？夹岸桃花蘸水开。

春雨断桥人不度，小舟撑出柳阴来。

　　这首七绝的作者徐俯（1075—1141），是两宋之交的诗人。字师川，自号东湖居士，洪州分宁（今江西修水）人，黄庭坚外甥。因其父死于国事，授通直郎。宋室南渡后，曾任中书舍人、翰林学士、签书枢密院事、兼权参知政事（副宰相）等职。早年诗受黄庭坚的影响，晚年欲自成一家，诗风追求自然平淡。今存《东湖居士集》。

　　徐俯主张"作诗自立意，不可蹈袭前人"（旧题吕本中《童蒙诗训》），还强调"对景能赋，必有是景，然后有是句。若无是景而作，即谓之'脱空'诗，不足贵也"（曾季貍《艇斋诗话》）。这首《春游湖》诗，堪称徐俯实践其对景写生、自立诗意主张并有超水平发挥的佳篇。从诗的清新自然风格来看,应是他晚年于南宋都城临安(今浙江杭州)任职时所作,所游之湖,即杭州西湖。诗人抓住春雨之后西湖的特有景色,采用移步换形手法逐一展现,出语自然,充满画意;更难得的是,以其敏锐的观察与巧妙的构思,营造出一个新鲜幽美、饶有情趣与理趣的意境,令人赏心悦目,又回味无穷。

诗的首句写燕子双飞。成双成对的紫燕,在雨后初晴的湖天上翩跹飞舞,这使诗人猛省到春天早已来到了。于是他问燕子,你们是几时飞回来的?既是问燕,也是问春。几时回,口吻亲切,仿佛燕子是他的故交、知己,它们飞到西湖就是回自己的老家,它们每年回家就把春天带来了。这一句如果改作"双飞燕子趁时回",用叙述句,就情味淡薄了。诗以问句发端,起势突兀,落笔情生,这是巧于构思的体现。

次句写桃花蘸水。夹岸,两岸。蘸,把东西浸入水中,引申为用手或物沾取液体。这一句脱胎自李白诗句"岸夹桃花锦浪生"(《鹦鹉洲》)。更早,在东晋诗人陶渊明的名作《桃花源记》中,就有"忽逢桃花林,夹岸数百步,中无杂树"之句。所以这里的"夹岸"二字,描写西湖两岸桃花成林，经过春雨的滋润，更加繁盛，生机蓬勃。"蘸水开"主要写桃花，也兼写春雨和湖水。"蘸"字用得生动、精妙，使人如见雨后盛开的桃花上还闪动着晶莹水珠，显得格外鲜艳水灵。笔者自然联想到北宋诗人李觏描状夕照红帆的名句"水仙齐着淡红衫"（《忆钱塘江》）。这里夹岸桃花倒映湖水中，不也像是一群穿着红衫的仙女在凌波起舞吗？徐俯曾对人谈作诗的法门说："目力所及，皆诗也，君但以意剪裁之。"（曾敏行《独醒杂志》卷四）他在写了双飞燕子之后，就选择雨后湖岸最亮丽耀眼的桃花来写，借以衬托出西湖的旖旎春光，可见他很善于"以意剪裁"景物。

这首诗的前二句已写得很美，但更令人称道的是三四句。第三句写春雨断桥。断桥，指水淹过桥面。人不度，人不能走过去。这一句才点出了"春雨"二字。如果说，"蘸"是第二句的诗眼；那么，"春雨"可以说是通体之诗眼，眼光四射，照映全篇。雨后水涨，湖水漫过桥面，寂无人行，诗的景色、情调和氛围遂由前二句的明艳、热烈、欢快陡然转换，正如葛晓音先生所说："因断桥而寂无人行，还给这幅明媚的春景添上了一点荒寒的野趣和清幽的情味。"（《宋诗鉴赏辞典》，740页）这就避免了诗意的平板单调，而有抑扬变化，也使春日西湖的美显得丰富多彩，这还只是就此句而言。其更妙之处，要联系到第四句才充分显示出来。

第四句写柳阴出舟。撑，用篙使船前进。正当诗人欲度无路、踌躇徘徊之际，忽见一只小船从柳阴中缓缓撑出。这忽然出现的小舟，给诗人也给读者带来了意外的惊喜。在第三句添上的一点荒寒野趣和清幽情味后，这一句又增添了一点奇趣。诗到此戛然而止，读者可以想象诗人将乘上这叶不邀自来的轻舟，在湖上自在遨游，或者渡到对岸，尽兴欣赏西湖的美景。这样收结，有言尽意不尽之妙。

历代诗论家论绝句尤其是七言绝句的章法结构，很重视三四句。如清代王楷苏《骚坛八略》云："七绝全要在第三句着力，须为第四句留下转身之地，第三句得势，第四句一拍便着。譬之于射，三句如开弓，四句如放箭也。"施补华《岘佣说诗》也强调"第三句是转柁处"。此诗第三句"如开弓"，引发了"如放箭"的第四句；第三句又如"转柁"，使第四句如顺流之舟。总之，这两句形成了逆顺、抑扬、因果、开合的前后呼应，使这首诗的章法结构宛转变化，起伏跌宕。单独来看，三句与四句所写景色是极平常的，但它们的呼应转接，加上前二句的铺垫，却表现了景物之间的一种新的关系，从而营造出一个新奇、幽美的意境。这个意境饶有画意：通篇写景，竟没有用一个颜色字面，而燕子、春雨、桃花、柳阴、湖水，组合成一幅色彩缤纷的图画。这个意境饶有诗情：诗人对燕子的亲切问候，对桃花的赞美，对春雨断桥的惆怅，特别是对柳阴撑出小舟的惊喜，都融入景中，含蓄地透露出来。读者能够体会到诗人对西湖春色、对大自然的热爱。这个意境中还有一点荒寒的野趣，上文已经谈到。此外，这个意境更蕴含诱人思索、耐人寻味的理趣：在春雨断桥后有小舟撑出，使我们感受到大自然的美是无穷的，只要细心观察静心体悟，它总能不断地带来惊喜；而人在生命的旅途中，不免要遇到坎坷障碍，但只要从容应对，坚持向前，就有可

清·刘彦冲《桃柳双燕图》

能遇塞而通，化忧为喜，否极泰来。

徐俯这首小诗曾传诵一时。李白赞赏谢朓名句，在《金陵城西楼月下吟》中写道："解道澄江净如练，令人长忆谢玄晖。"黄庭坚赞赏贺铸名句，在《寄贺方回》中写道："解作江南断肠句，只今唯有贺方回。"南宋赵鼎臣也以这种方式称道徐俯，他在《和默庵喜雨述怀》诗中云："解道春江断桥句，旧时闻说徐师川。"笔者认为，徐俯此诗三四句的句意与转接方式，对陆游的"山重水复疑无路，柳暗花明又一村"（《游山西村》）和"杨柳不遮春色断，一枝红杏出墙头"（《马上作》）可能有启发。钱锺书《宋诗选注》说："南宋词家张炎有首描写春水的《南浦》词，号称'古今绝唱'（邓牧《伯牙琴》《张叔夏词集序》），里面的名句：'荒桥断浦，柳阴撑出扁舟小'，就是从徐俯这首诗蜕化的。"可见，《春游湖》确是宋代七绝诗的名作。

悯农喜雨 淋漓酣畅
——曾几《苏秀道中……》

一夕骄阳转作霖，梦回凉冷润衣襟。

不愁屋漏床床湿，且喜溪流岸岸深。

千里稻花应秀色，五更桐叶最佳音。

无田似我犹欣舞，何况田间望岁心！

这首七律的全名为《苏秀道中，自七月二十五日夜大雨三日，秋苗以苏，喜而有作》，作者曾几（1084—1166），是南宋前期诗人。字吉甫，号茶山居士，祖籍赣州（今属江西），后迁居河南洛阳。做过江西、浙西提刑等官。一生忧国忧民，为人刚正不阿，直言敢谏，主张抗金，受到秦桧排斥而去官。桧死，才重得起用，官至礼部侍郎。他是大诗人陆游的老师，作诗学杜甫、黄庭坚，但风格轻快流畅，清新雅健。有《茶山集》。

这是一首喜雨诗。题内"苏秀道中"，指从苏州到秀州（今浙江嘉兴）的路上。"秋苗以苏"，禾苗枯萎后又复苏过来。曾几于高宗绍兴年间曾任浙西提刑，这首诗可能作于浙西任上。这年夏秋间，久旱不雨，秋禾枯焦。诗人正在苏秀道中，忧心如焚，亟盼天公降雨。自七月二十五日夜，大雨三日，庄稼得救，丰收有望，诗人喜不自禁，写下了这首七律。全篇激情充沛，灵感活跃，喜气洋溢，写得淋漓酣畅。诗人善于将主观的情意与感觉融入景物之中；又善于化用前人诗句，用得自然贴切，如同己出；为了传达出欢喜心情，诗的语言和节奏流畅轻快，宛若行云流水，体现出清新活泼的风格。

　　诗的首联开门见山，写久旱后天降大雨和自己的身心感受。一夕，一夜。骄阳，酷热的太阳。霖，连下几天的大雨。梦回，梦醒。这两句说：一夜之间，火热的骄阳变成了大雨倾盆。我在梦中醒来，感到阵阵凉冷，衣襟已经潮润。"一夕"与"转"，表现霖雨于夜间突降，事出意外；"骄阳"与甘霖对照，透露出喜悦之情。次句"梦回"二字，写出暑旱逢雨的具体情境；再以"凉冷润衣襟"，表现细微的感受。这样写来，就不空泛，显得生动真切，有现场感。"润"字精妙，既传达霖雨给他身体带来的清凉与舒适，更显示出内心的惬意和喜悦。诗人也仿佛是一株干枯的禾苗，被一夕秋霖滋润得恢复了生机。所以这个"润"字，乃是诗人灵心妙手锤炼而成，不可移易。

诗的颔联写秋霖中屋内与田野上景物，正面抒发喜悦之情。床床，一张张床铺。且喜，还喜。岸岸，一处处溪岸。这两句说：我不犯愁房屋漏雨每张床铺都被淋湿，只是欣喜到处溪流水变得很深。上句语出杜甫《茅屋为秋风所破歌》"床头屋漏无干处"句，下句语出杜甫《春日江村》的"春流岸岸深"句。杜甫《茅屋为秋风所破歌》因自家"床头屋漏无干处"而推己及人，思得广厦千万间，"大庇天下寒士俱欢颜"。曾几学习杜甫感念苍生、仁民泽物的崇高精神，但他设身处地感受大雨给农民的生活和心灵带来的痛苦或欢乐，他的心与农民心更贴近，心脉的搏动也更合拍。他将杜甫两句诗略加改造，构成了工整的对仗。"床床"与"岸岸"，叠字巧对，音调谐美；"不愁""且喜"，将客观景物主观情思化，变景语为情语。这四个字一反一正，一开一合，呼应转接，使上下句意流贯而下，类似流水对仗。曾巩活学黄庭坚的"夺胎换骨""点铁成金"创作技法，点化杜诗句意句语，用来表达自己的真情实感，十分成功。

颈联直承"且喜"句，进一步写甘霖带来的美景喜情。秀色，秀美滋润的颜色。佳音，这里指雨打桐叶的声音。这两句说：千里的稻花该又呈现出怡人的秀美景色，五更时雨打梧桐叶奏出了最动听的声音。这一联诗，上句是意中之景，宕出远神。诗人想象"大雨""秋苗以苏"之后，千里田畴，稻浪起伏，稻花展现一派葱绿之秀色，生机勃勃。这一句境界开阔，秀丽动人，诗人喜悦之情洋溢其中。下句收归眼前，写听雨之喜。"五更"与次句"梦回"照应，写出诗人从梦醒后，一直怀着欣喜之情听雨，无心入眠。最佳音，他把雨落梧桐的飒飒声响当作最美妙的音乐来凝神聆听与欣赏。可见诗人为农民久旱得雨欢喜到痴迷的程度。这种情境，在中国古代诗史上很少有人表现。"五更"句还有反用前人诗意的创新。钱锺书《宋诗选注》说："在古代诗歌里，秋夜听雨打梧桐，照例是个教人失眠添闷的境界，像唐人刘媛的《长门怨》说：'雨滴梧桐秋夜长，愁心和雨断昭阳。泪痕不学君恩断，拭却千行更万行'；又如温庭筠的《更漏子》词说：'梧桐树，三更雨，不道离情正苦。一叶叶，一声声，空阶滴到明'；元人白仁甫的《梧桐雨》第四折后半折尤其把这种情景描写个畅。曾几这里来了个旧调翻新：听见梧桐上的潇潇冷雨，就想象庄稼的欣欣生意；假使他睡不着，那也是'喜而不寐'，就像他的《夏夜闻雨》诗所说：'凉风急雨夜萧萧，便恐江南草木凋。自为丰年喜无寐，不关窗外有芭蕉。'"把这句诗的"旧调翻新"说得很透彻。

其实，曾几诗第五句全用唐代殷尧藩的成句。殷氏七律《喜雨》诗云："临岐终日自徘徊，干我茅斋半亩苔。山上乱云随手变，澌东飞雨过江来。一元和气归中正，百怪苍渊起蛰雷。千里稻花应秀色，酒樽风月醉亭台。"此诗"千里"句为曾几所用；"澌东"句为苏轼七律《有美堂暴雨》所用，组成了"天外黑风吹海立，浙东飞雨过江来"的名联。"澌"同"浙"。殷氏此诗立意不高，喜雨只为自己可在亭台中醉看千里稻花之秀色，并非期望农民丰收。全篇笔墨分散，景多情少，喜气不足，"澌东""千里"两句显不出光彩，故而其人其诗少为人知。而在苏轼诗中，"天外"句想象奇丽，气势磅礴，与"浙东"句形成因果关系，上下贯通又相互映衬。曾几创造出"五更"这一"旧调翻新"、喜情洋溢的佳句，与"千里"句相对，形成了时空、远近、视听、虚实的互相配合，传达出诗人的意中之景与心中之声，可谓珠联璧合。总之，由于苏、曾两位高手的妙用，"澌东"与"千里"两句精彩百倍，殷氏方得以扬名。

稻梁采采不住无肠多作
稻梁采采不住无肠多作
稻梁深潮口大拘官私蛮
许复勤济有秋
辛卯秋项圣谟诗畫

明·项圣谟《稻蟹图》

诗的尾联敞怀直抒，笔飞墨舞。似我，像我这样。犹，还、尚且。岁，指一年的农事收成。望岁，盼望丰收年景。这两句说：像我这样没有田地的人，尚且为这场大雨而欢欣鼓舞，更何况田间那些农民殷殷期盼丰收的心情！上句承前六句作总的收束，又以"犹"字引发下句。下句以"何况"承接转进，引出"田间望岁心"。诗人作为"无田"者的欢欣鼓舞，有力地映衬出广大农民对这场甘霖的欢欣与对丰年的期望，将喜雨之情推到最高潮，全篇在淋漓尽致的欢情喜气中收结。

　　前人对曾几此诗颇为赞赏。元代方回说："三四已佳，五六又下得'应'字、'最'字，有精神。"（《瀛奎律髓汇评》卷十七）清代纪昀对后三联全部加上红圈，并评道："精神饱满，一结尤完足酣畅。"（同上）信然。笔者读此诗时，自然联想到杜甫的五律名篇《春夜喜雨》，描绘春夜雨景真切细腻，妙摄春雨之魂，寄寓了诗人"润物无声"的崇高人格。喜悦之情漫溢全篇，但诗中并无"喜"字，比曾诗含蓄深隽。而在杜甫的七律名篇《闻官军收河南河北》中，诗人忽闻平定安史之乱捷报的欣喜激动之情，如开闸洪水喷薄而出，波翻浪涌，节奏快速，被称为杜甫"生平第一首快诗"。曾几此诗在不同方面吸收了杜甫这两首诗的思想与艺术营养，而从喜悦情意的酣畅、节奏的欢快来看，与《闻官军收河南河北》更相似，也可誉为曾几"生平第一首快诗"。

伤春忧时　沉郁悲壮
——陈与义《伤春》

庙堂无策可平戎，坐使甘泉照夕烽。

初怪上都闻战马，岂知穷海看飞龙！

孤臣霜发三千丈，每岁烟花一万重。

稍喜长沙向延阁，疲兵敢犯犬羊锋。

这首七律的作者陈与义（1090—1138），字去非，号简斋，洛阳（今属河南）人。政和三年（1113）进士，北宋时任文林郎、太学博士等职，曾因《墨梅》诗受宋徽宗赏识，闻名于世。南渡后历任礼部侍郎，参知政事。他是南北宋之交最为杰出的诗人。靖康之难给他的诗带来巨大变化，诗中感慨国事，悲叹人生，雄浑悲壮，苍凉沉郁，一似杜甫丧乱后的作品。有《简斋集》。

建炎三年（1129）冬，金兵渡江南侵，十二月攻下建康

（今江苏南京），宋高宗赵构南逃海上。次年春，金兵又破明州（今浙江宁波），从海上追逐，赵构又逃至温州。诗人为国家的危难忧愤填膺，写下了这首诗。杜甫《伤春》诗有"天下兵虽满，春光日自浓"句，《春望》诗也有"国破山河在，城春草木深"句。陈与义用杜甫的诗题，学习杜甫的诗意，借伤春而哀时议政。诗人批判朝廷的逃跑政策，赞美爱国军民英勇抗敌。诗中运用典故，点化成句，章法抑扬开合，又综合使用婉转、借代、拟物、比喻、夸张等修辞手法。诗的情思忧愤深广，意象生动丰富，风格雄浑悲壮，动人心魄。

诗的首联慨叹朝廷无平戎之策，致使金兵长驱直下，从边境深入内地。庙堂，即朝廷。策，策略。平戎，平定戎乱，此指击败入侵金兵。戎，古代汉族人对西北方民族的通称。坐使，致使。甘泉，汉代行宫名称，距长安二百多里。据《史记·匈奴传》载，汉文帝时，匈奴入侵，报警的烽火"通于甘泉、长安数月"。诗人一落笔就把批判的矛头指向以高宗为首的南宋王朝最高统治集团，谴责其逃跑政策，愤慨其腐败无能。次句"坐使"二字，讽刺南宋君臣手足无措，一筹莫展。"甘泉照夕烽"，借用汉代故事，展现出晚间的烽火照亮皇帝行宫的惊心动魄景象。用典贴切，形象生动。

颔联紧承首联，写从汴京（今河南开封）沦陷、江南各个行宫被占领，直到皇帝被金兵追赶入海的惨状，抒发自己的惊异与痛心之情。怪，惊怪。上都，京城。语出班固《西都赋》："寔用西迁，作我上都。"这里既指北宋都城汴京，又指南宋朝廷迁住的地方。南宋初期未定国都时，高宗赵构在扬州、建康、杭州均有行宫。这几个地方当时先后被金兵攻陷。闻战马，听到战马的叫声，指发生战事。岂知，哪里料到。穷海，僻远的海上。飞龙，指高宗皇帝。语出《周易》乾卦爻辞："九五，飞龙在天。"中国一向用龙象征皇帝。这两句说：起初我还惊怪在汴京和江南的行宫中听到战马的嘶鸣声，哪里想到如今皇帝竟然被追赶逃到偏远的海上。"上都闻战马"对"穷海看飞龙"，一闻一看，意象及其组合新奇警动，对仗工整自然。"初怪"与"岂知"，表现出诗人大出意外，大为惊愤，深切哀痛的神情与心理。这两个词语互相呼应，句法灵活，十四字一气流注，也渲染出金兵南侵进军之迅疾，以及南宋君臣逃难的仓皇狼狈。

颈联点出"伤春"题意，是全篇的警联。孤臣，这里指失君之臣，诗人自称，当时他正流寓湖南。霜发，即白发。这句化用李白《秋浦歌》"白发三千丈，缘愁似个长"句意。烟花，春天的繁花，也可指春天绮丽的景物。一万重，夸张形容烟花层层叠叠数不清，或指春景的繁盛。这句化用了杜甫《伤春五首》（其一）"关塞三千里，烟花一万重"诗句。这一联说：我这个远离皇帝的孤臣，因为忧虑国事的危急，满头的黑发都变白了；可是春天的百花却不解世事人意，年年岁岁依然开得那样繁密茂盛。李白这首《秋浦歌》以极大的艺术夸张，写他因为愁情深长而生出三千丈白发，陈与义化用李白诗句，是为了强烈地表达伤时忧国之痛。孤臣满头长出三千丈的白发，其形象的苍老，其忧国之深情，俱跃然纸上。下句所化用的《伤春》诗，是唐代宗广德二年（764）初春杜甫在阆州（今四川阆中）作的。因为阆州离长安较远，杜甫当时尚未听到名将郭子仪击退吐蕃收复长安的消息，故而诗中抒发了深切的忧国之情。陈与义写《伤春》时身在湖南而忧念远在江浙的朝廷危难，与杜甫的境况恰好相似，所以缪钺先生说："他借用杜甫这句诗以托喻，可谓非常贴切，既能义蕴丰融，而又兴象华妙。"（《宋诗鉴赏辞典》，348页）评析中肯。笔者想补充说，陈与义将李白、杜甫的名句配合起来，以烟花繁密的春天美景有力地反衬他对国事时局的哀伤之情，构成精工的对仗，又自然浑成。他把李白原句的"白发"改为"霜发"，不仅与下句"烟花"对得更工稳，而且变单一意象为复合意象，既有白霜之色，又增加了一种冰凉的触觉感受，可见诗人对诗句千锤百炼，一字不苟。清代纪昀评："'白发三千丈'，太白诗；'烟花一万重'，少陵句，配得恰好。"（《瀛奎律髓汇评》卷三十二）

诗的尾联转出一意，称赞向子諲英勇抗金。向延阁，即向子諲，曾任直秘阁学士。宋代秘阁相当于汉代宫廷藏书处延阁，所以这样称呼他。当时他任潭州（今湖南长沙）知州。疲兵，疲乏的军队，指向子諲所率的部队。犯，冲犯，抗击。犬羊锋，敌兵的锐气。犬羊，对金兵的蔑称。这两句说：只有潭州太守向子諲能令人稍感欣慰，他率领着疲惫的军民，勇敢地抵御金人的兵锋。建炎三年（1129），金兵围攻潭州，向子諲率军民坚守，城破，又督兵巷战，后突围而出，继续率军抵抗金兵。这二句即写此事。这一联，在前三联逐层强烈地抒写时局险恶与忧国心情之后，叙写并赞扬向子諲英勇杀敌，表现南宋广大军民决不向强敌屈服的爱国精神。诗情转忧为喜，避免平直，章法跌宕，先抑后扬，给人以希望与欣慰。

陈与义早年写诗受黄庭坚与陈师道影响很大，其诗主要题材内容是写景咏物、唱和酬赠，多抒个人情怀，具有活泼轻快或闲淡有致的艺术风格。南渡之后，他经历了亡国剧痛，备尝了流亡之苦，深切体验到杜甫感时伤乱、忧国忧民的精神，同时也效法杜诗的艺术风格与表现艺术。他的不少七律佳作，情思深挚，音声浏亮，意境沉雄，颇得杜诗神韵，这首《伤春》即是一例。诗中既像杜诗那样借伤春哀伤时局，化用了杜诗成句，学习杜诗用笔顿挫，曲折尽情；甚至尾联的句法，也是从杜诗"稍喜临边王相国，肯销金甲事春农"（《诸将五首》其三）学来的。难怪纪昀赞赏说"此诗真有杜意"（同上）。《伤春》是陈与义的七律名篇，但第七句"向延"二字不合平仄格律，第二句与第八句收尾的"烽"与"锋"二字同音，是小小的瑕疵。

痛悼故国　泪洒牡丹

——陈与义《牡丹》

　　宋高宗绍兴五年（1135），诗人陈与义四十六岁，因体衰多病，请求免官。六月，除显谟阁直学士，提举江州太平观，离开朝廷，移居青墩（亦称青镇，在今浙江桐乡县北）。次年春，他在青墩忽然看到牡丹盛开，引发出对国家局势和个人身世的无限感慨，于是以牡丹为题，写了一首七言绝句：

　　　　一自胡尘入汉关，十年伊洛路漫漫。

　　　　青墩溪畔龙钟客，独立东风看牡丹。

　　陈与义的故乡洛阳是北宋的西京，城里城外，花园最盛。杰出女词人李清照的父亲李格非有一篇《洛阳名园记》，叙述北宋时洛阳的十九个花园。花园中的牡丹尤其著名，因此洛阳称牡丹之都。欧阳修就写过《洛阳牡丹记》和《洛阳牡丹图》诗。陈与义喜爱牡丹，他在洛阳的老家便种有许多牡丹，以便观赏吟咏。但自靖康元年（1126）十一月汴京（宋都，今河南开封）沦陷，作者流离他乡，至今已过十年，仍不能还乡赏花。所以，诗以回叙国难开篇，从金兵入侵写起。首句"一自"，即自从。胡尘入汉关，指金兵入侵中原。胡尘，金兵入侵扬起的尘埃。汉关，汉代的关隘，此用以代指宋朝边关。这一句叙事简洁生动，"胡尘"与"汉关"两个意象对映，形象鲜明。尤其以"一自"领起全篇，这两个字都是去声。"去声激厉劲远，其腔高"（万树《词律·发凡》），"去声往而不返"（王骥德《曲律·论平仄第五》），使诗的起句语意突兀陡峭，声情激厉劲远，扣人心弦。

诗的次句紧接起句，叙写十年来漫长的思乡之情和亡国之痛。十年，从汴京、洛阳沦陷后，诗人背井离乡已度过整整十年。伊洛，即伊水与洛水，伊水为洛水支流，洛水为黄河支流，都流经洛阳。《国语·周语》云："昔伊洛竭而夏亡。"因此，"伊洛"指诗人的故乡洛阳，比用"故国"具体；同时，暗用了《国语·周语》语意，寄寓亡国的隐痛。漫漫，长远，无际。漫漫，平声与去声两读，这里读平声mán。路漫漫，路途漫长，也借指时间长久。《古诗·涉江采芙蓉》有"还顾望旧乡，长路漫浩浩"之句。因此，"路漫漫"意谓洛阳沦陷已整整十年，北望故乡，路途遥远，恢复无期，怀归不得。"路漫漫"最早出自伟大的爱国诗人屈原的代表作《离骚》。这首诗强烈深沉地抒写了诗人对祖国的忧虑、眷恋之情，诗中有"路漫漫其修远兮，吾将上下而求索"之句，表达他在漫长的流放途中，仍要上天入地寻觅救国救民方略，求索宇宙人生真谛。陈与义用"路漫漫"三字，也寄托着他要学屈原对祖国忠贞不渝的精神，即使流落天涯，衰病投闲，仍然坚持抗金复国的壮志。总之，这一联诗在叙事中已蕴含思乡之情与亡国之痛，却深隐不露。

三四句写在他乡观看牡丹。龙钟客，诗人自指。龙钟，衰老疲惫之态。这两句说，我这个衰病龙钟的异乡漂泊者，孤独地站在青墩溪边，观赏着迎风开放的牡丹。第三句为结句蓄势，并推出诗人的自我形象。青墩溪畔僻静秀美的江南春色，反衬出诗人疲惫憔悴、老态龙钟的容貌身影，其孤寂凄凉的神情宛然在目，令人心弦震颤。盛唐诗人岑参《逢入京使》诗云："故园东望路漫漫，双袖龙钟泪不干。马上相逢无纸笔，凭君传语报平安。"作者怀着立功边塞的壮志，远赴甘肃武威，到安西节度使高仙芝幕府任书记，诗中写他在征途上东望故园，泪湿双袖，对长安亲人深情眷念，但后两句写他托人捎平安口信，也表现他开阔豪迈的胸襟。陈与义《牡丹》诗的二三句明显受了岑参诗前两句的影响。北宋诗人张唐英有一首《题传舍》诗云："先帝昭陵土未干，又闻永厚葬衣冠。小臣有泪皆成血，忍向东风看牡丹。"熙宁元年（1068）春，作者以前御史服除还京，过洛阳，因感念仁宗山陵初成，英宗又死，悲痛得"泪皆成血"，不忍观赏牡丹。陈与义此诗的结句"独立东风看牡丹"，显然从张唐英诗的结句化出。陈诗既未写到"泪不干"，更无"泪皆成血"，但我们完全可以想象得到，陈与义在看见异乡的牡丹时，一定会从瞬间的惊喜很快变为凄然感伤，因为他从眼前的牡丹自然想到家乡的牡丹，想到十年前在家乡观赏牡丹时的安宁欢乐，继而想到十年来国破家亡，流落他乡，欲归不得。他在花前久立，不忍离去。他那双看花的眼睛，可能也满噙着泪水；如果泪水早已流干，那么他的心中，也一定流淌着热血。所以，陈与义诗包含了伤悼故国、悲叹身世的情思，远比岑参和张唐英的诗沉痛悲凉，感染力强。

从艺术表现看，诗题为"牡丹"，诗中并不摹状、吟咏牡丹，只在诗的结尾才点出"牡丹"。其实诗人要抒写的是他在江南海滨小镇上见到牡丹的悲痛，借着看似平常的小物小事表现家国之思的重大主题，可谓小处落墨，小中见大，淡中见深，不同凡响。结句有意写得客观冷静，含蓄克制，但前三句抒叙国家局势和个人身世，作了有力的铺垫、渲染，结句更显得含蓄深沉。近人沈曾植《手批〈简斋诗集〉》评曰：后二句"含蓄无限，怦怦动心，绝调也"。今人陈永正《江西派诗选》也说："末二语感慨苍凉，掩卷犹令人低徊不已。"

无疑，这是宋代七绝中的力作。仅四句，就有三句化用了前人诗句，用得灵活自然，并营构出浑整的意境。由此可见，陈与义作为江西诗派三宗之一，醉心于黄庭坚"夺胎换骨""点铁成金"的作诗手法，化用过多，对这首诗的"原创性"有所损害，笔者略感遗憾。

这首《牡丹》诗对后来的诗词创作很有影响。钱锺书先生说："陈与义这首诗的意思在南宋诗词里常常出现，例如陆游《剑南诗稿》卷八十二《赏山园牡丹有感》也是看见牡丹花而怀念起洛阳鄜畤等地方来，还说：'周汉故都亦岂远？安得尺棰驱群胡！'刘克庄《后村大全集》卷一八七《六州歌头》又卷一八八《木兰花慢》《昭君怨》等咏牡丹词用意略同。"(《宋诗选注》)陆游《剑南诗稿》卷十《龙兴寺吊少陵先生寓居》诗云:"中原草草失承平,戍火胡尘到两京。扈跸老臣身万里,天寒来此听江声。"此诗是淳熙五年(1178)陆游自成都东归途经忠州(今重庆市忠县)龙兴寺所作。全篇兼有凭吊杜甫与自抒怀抱这样明暗两层意思,所以清代爱新觉罗·弘历等《御选唐宋诗醇》评赞曰"双管齐下,一写两枝"。此诗苍凉悲愤,和陈与义《牡丹》诗相似。其艺术构思,在简炼概括的白描直叙中融入忧国深情,尤其是结句推出杜甫独立寒风中聆听江声的场景,都很巧妙地学习和借鉴了《牡丹》诗。

游村赏景　交友悟道
——陆游《游山西村》

莫笑农家腊酒浑，丰年留客足鸡豚。

山重水复疑无路，柳暗花明又一村。

箫鼓追随春社近，衣冠简朴古风存。

从今若许闲乘月，拄杖无时夜叩门。

　　南宋伟大的爱国诗人陆游（1125—1210），因大力支持张浚北伐，于乾道二年（1166）任隆兴府（今江西南昌）通判时，受主和派弹劾，被罢官归故乡山阴（今浙江绍兴），居镜湖三山。这首诗是次年早春游山西村写的。

　　陆游诗以七律最多也最著称。他一生几度闲居山阴，写了不少田园诗，此诗即是写田园生活的七律名篇。诗中表现山村幽秀的自然景色和淳朴的民情风俗，洋溢着诗人对农村和农民的热爱之情。全篇感情真挚，生活气息浓郁，语言生动流畅，意境清丽自然，故而历代传诵。诗的颔联两句融景趣、情趣、理趣于一体，更被人们广泛引用，但近现代诗评家有不同看法。本文拟先赏析全篇，再细说颔联。

首联写农家丰年与农民好客。腊酒，头年腊月里酿造的米酒。豚，小猪，也泛指猪。这两句说：莫要笑话农家自酿的腊酒浑浊。去岁丰收，村民们都备办了丰盛的菜肴款待客人。一个"足"字，表明农家丰年生活富足、快乐，盛情待客。"莫笑"句以提醒、呼唤的口吻起笔，真率热诚，洋溢着诗人为农家的丰年而喜悦、为他们的淳朴所感动的情意，读来亲切感人。

颔联写山西村的环境和景色。诗人行走在通往山村的路上，但见重峦叠翠，流泉蜿蜒，草木茂盛。正当他疑惑山深已无路可走时，忽见柳暗花明中，又隐现出一个村庄。"山重水复""柳暗花明"，准确地表现了浙东山阴地区早春时节特有的景色，那就是山环水绕，幽深曲折；阴晴不定，柳阴未浓；野花初绽，时明时暗。而"疑无路"与"又一村"，写出诗人在行走中赏景的神态、心情，两层转折，活画出他在深山中迷失路径时的疑惑、怅惘，更突出他又见一村时的意外惊喜与豁然开朗。这一联诗，在写景中抒情，写得情景逼真，生动流丽，曲折跌宕，引人入胜。"山重水复"与"柳暗花明"句中自对又上下相对，加上"疑无路"与"又一村"的转接，形成了诗意连贯流走的流水对仗，对得工整自然，非常精彩。

这一联诗还包含了发人深省的哲理。诗人在山路上行走，疑无前路、忽又见村的情景，喻示了人生经历中的某些境遇，诸如在生活、学习、工作上的遇塞而通，因难得解，否极泰来，绝处逢生等，可以启发和激励人们在认识世界和改造世界的过程中坚持奋斗，不断克服困难去夺取胜利。例如，李克强总理在《求实》杂志上发表的《关于深化经济体制改革的若干问题》一文中，就巧妙引用这一联诗来说明继续深化改革的重大意义，他说："'山重水复疑无路'时，通过改革扫除障碍，增添动力，就会'柳暗花明又一村'。"

诗的颈联写山村民俗。春社，古代春天祭祀土地神的日子，即立春后第五个戊日，人们要举行迎神赛会，祈求丰年。诗人在山西村里漫游，一路上都有箫声、鼓声追随着，原来是春社日已临近了。乡亲父老们穿戴得干净简朴，这里仍然保留着古老纯朴的民间风习。这一联上句写耳闻，下句写目见：传乐声，绘箫鼓；写人物，画衣冠。满村喜气，场景热闹。律诗中间两联，要求内容、句法、对仗手法都有变化，避免雷同。前联描绘一卷山乡自然风光图，此联展现一幅民间风俗画；前联境界幽深曲折，此联情调红火热烈。前联是流水对，语意贯通流畅；此联改用正对，对得工整自然。

尾联抒写对山西村的留恋与热爱。闲乘月，有空时趁着月色前来。无时，犹言随时。诗人在山西村游览、做客已大半天，此刻夜幕降临，月色溶溶，照耀山村。诗人游兴未尽，对热情好客的村民和风俗纯朴的山村仍恋恋不舍。他与村民约定，以后一有空闲就随时拄杖乘月而来，游览山村夜景，同乡亲一起赏月聊家常。这一联更亲切有味地表达了诗人与农民的深厚情谊，使人想象诗人拄杖乘月扣柴门的形象。可谓情中有人，情中见景，以浓郁的诗情画意收束全篇。

唐代诗人孟浩然的田园诗名篇《过故人庄》云："故人具鸡黍，邀我至田家。绿树村边合，青山郭外斜。开轩面场圃，把酒话桑麻。待到重阳日，还来就菊花。"陆诗与孟诗题材内容相同，风格有别。细加品味，陆诗的章法结构是学孟诗的，但模仿中有自己的创造。

对于陆诗中"山重水复"一联，钱锺书在《宋诗选注》中指出：这种景象前人也描摹过，例如王维的"遥爱云木秀，初疑路不同。安知清流转，忽与前山通"（《蓝田山石门精舍》）。还有王安石的"青山缭绕疑无路，忽见千帆隐映来"（《江上》），南宋初强彦文的"远山初见疑无路，曲径徐行渐有村"（周辉《清波别志》卷中）等，"不过要到陆游这一联才把它写得'题无剩义'"。

但王维另有一首《终南别业》诗云："中岁颇好道，晚家南山陲。兴来每独往，胜事空自知。行到水穷处，坐看云起时。偶然值林叟，谈笑无还期。"诗中五六句所写景象，与陆游"山重水复"一联也很相似，钱先生并未举出。顾随先生比较王、陆这两联诗说："放翁'山重水复疑无路，柳暗花明又一村'（《游山西村》）与王维《终南别业》之'行到水穷处，坐看云起时'颇相似，而那十四字真笨。王之二句是调和，随遇而安，自然而然，生活与大自然合而为一。……王维之'行'并非意在'到水穷处'，而'到水穷处'亦非'悲哀'；'坐看'亦非为看'云起'，看到'云起时'亦非快乐。只是自然而然，人与自然合而为一。……'山重水复'十四字太用力，心中不平和。……王摩诘诗是蕴藉含蓄，什么也没说，可什么都说了。"（《中国古典诗词感发》，北京大学出版社，2012，48、49、50页）

顾先生指出王维诗句蕴含着随缘自适的佛禅之理，比陆游诗句自然平淡又含蓄蕴藉，笔者十分佩服，但却不同意说陆诗"真笨""太用力""心中不平和"。我认为陆游诗句写出了故乡山村早春这一特定时空的景色，可谓梅尧臣所说"状难写之景如在目前"（欧阳修《六一诗话》），并使之蕴含可以激发人们遇难而进的哲理，其思想内涵与艺术表现都是高妙的。

当代学者骆玉明评赞王维"行到水穷处，坐看云起时"说："这大概是中国古诗中内涵最为丰富、意境最为美妙的佳联之一。"（《诗里特别有禅》，浙江文艺出版社，2013，51页）但他又说："同样以行路象征人生，陆游的名句'山重水复疑无路，柳暗花明又一村'给人以更多的愉悦，它让人对生活抱有信心：在看似无路的地方，可能有一片新的天地出现，只要能够坚持，希望总是有的。"（同上，代序）骆先生对王、陆这两联诗的评价客观、公正、中肯，说得辩证，真好！

自嘲亦自喜的骑驴入蜀图
——陆游《剑门道中遇微雨》

衣上征尘杂酒痕，远游无处不消魂。

此身合是诗人未？细雨骑驴入剑门。

宋孝宗乾道八年（1172）三月，陆游受四川宣抚使王炎的聘请，到了当时抗金前线的南郑（今陕西汉中），任干办公事兼检法官，参与擘画军事。但这年九月，王炎被朝廷召回，陆游也被改授成都府安抚司参议官。十月间，他在赴成都途中经过四川剑阁北面的剑门山，写下了这首七绝杰作。

现代诗人兼诗论家流沙河在其《画+说=诗》一文中说："一首诗，就其结构而言，可以分成描写和叙述两部分。所谓描写，就是画。所谓叙述，就是说。画一画，说一说，一首诗就出来了。……一般说来，都是画在前头，说在后头。见景生情，睹物生感。景物是画出来的，情感是说出来的。景物与情感，两两相结合，便是诗了。"他对诗的构成的解析深入浅出，十分精彩。陆游这首七绝，第一句和第四句都是描写，既画在前头，又画在结尾；第二三句都是叙述，说在中间。画与说交织，相互生发映衬，情景结合，妙趣横生！

首句"衣上征尘杂酒痕"，落笔就画，但不画客观外物，只画主体自我。诗人为自己画像，不画传神之眉目，却画衣上沾染的尘土和混杂一起的酒痕，真是一塌糊涂。显然，诗人有意以这副邋邋遢遢的形象，强烈地表现他被迫由前线转到后方的不满与无奈，表现他的杀敌报国心愿又成泡影的悲愤。他要向读者展露借酒浇愁愁更愁的颓唐情状。东晋名画家顾恺之说："四体妍蚩本无关于妙处，传神写照正在阿堵（眼睛）中。"（《世说新语·巧艺》）鲁迅先生也说："要极省俭的画出一个人的特点，最好是画他的眼睛。"（《我怎么做起小说来》）"画眼睛"确是传神妙法，但也不可过于拘执。陆游这句诗不画眼睛却画"衣上征尘杂酒痕"，诱使读者去想象他那失意沮丧的神态，岂不妙哉！

次句"远游无处不消魂"，无处，即无一处，无处不，双重否定，也即处处是。消魂，灵魂离散，形容极度的悲愁、欢乐、恐惧等。这一句的字面意思是：从南郑远赴成都，一路上山川风光雄奇又秀丽，处处都让我心醉神往。但陆游从南郑前线内调成都，使他为恢复中原征战沙场的壮志成了泡影，他的内心是很苦闷的。因此，赵齐平师认为：这一句是"苦心而作乐语"，"'远游'而'无处不消魂'之所以是反面语，则由'杂酒痕'暗示给读者"（《宋诗臆说》，北京大学出版社，1996，328页）。解释精到。如果理解为正面写悲愁，诗的前半篇就显得平板直露；而说成是正面写欢乐，又不符合诗人当时真实的心情。首句"征尘"与"酒痕"是句中对仗，加一倍写法；次句"无处不"用双重否定，并以反面语出之，诗情耐人品味。

诗的后半幅，诗人突然从自己冒雨骑驴入剑门的景象中获得灵感，写出了问而不答、一转一合、饶有诗情画意的警句。合是，应该是。未，犹言"否"。这两句说：像我而今这样子，应该算是个诗人了吧？看，我正迎着蒙蒙细雨，骑着驴儿走入了剑门关。诗人是自嘲，还是自喜？钱锺书先生写道："韩愈《城南联句》说：'蜀雄李杜拔'，早把李白杜甫在四川的居住和他们在诗歌里的造诣联系起来；宋代也都以为杜甫和黄庭坚入蜀以后，诗歌就登峰造极……——这是一方面。李白在华阴县骑驴，杜甫《上韦左丞丈》自说'骑驴三十载'，唐以后流传他们两人的骑驴图……此外像贾岛骑驴赋诗的故事、郑綮的'诗思在驴子上'的名言等等，……也仿佛使驴子变为诗人特有的坐骑——这是又一方面。两方面合凑起来，于是入蜀道中、驴子背上的陆游就得自问一下，究竟是不是诗人的材料。"（《宋诗选注》）钱先生广征博引，有理有据有趣地论证了陆游自问是否诗人的缘由，也让读者体味到在"此身合是诗人未"的自问中，有一种确是诗人的自喜与自豪。而陆游的诗歌创作实践也证实了这一点。他在南郑近八个月的军旅生活中，竟写出了以抗金收复为主要内容、以沉郁悲壮为主体风格的优秀诗歌计一百多篇，其思想与艺术都跃升到高峰。但这些佳作，在他"舟行过望云滩"时，不幸"坠水"散佚（见陆游《感旧》诗自注）。后来，他又写了一百多首回忆南郑戎马生活的诗，借以弥补南郑诗坠水散失之恨。从陆游的许多回忆南郑诗来看，他明确表示做一个诗人，就是要做他最推崇的屈原和杜甫那样的爱国诗人。

然而，陆游首先是一位忠肝义胆的爱国者，他本来只想做驰骋沙场的战士，南郑的军旅生活使他诗情泉涌不

陆游《怀成都诗卷》（局部）

息，做了诗人。而今做不成战士，看来命该只做诗人，他却不甘心以诗人终老，故而这一问又主要是自嘲、自叹、自慰。"合是"与"未"搭配，微妙地传达出诗人内心复杂矛盾的心理。看来，他对自己是否愿做诗人，是否已做了诗人，尚在疑似之间。妙的是诗人问而不答，在诗的结尾推出一幅"细雨骑驴入剑门"的画面。当读者联想不久前诗人在南郑前线"独骑洮河马,涉渭夜衔枚"(《岁暮风雨》)的夜战情景,对他此刻独自骑着驴子——"诗人特有的坐骑",既怀着深深的同情,又感到有点儿滑稽,仿佛是在看一幕含泪的喜剧。再加上蒙蒙细雨和雄险剑门的环境与背景作衬托,真是一幅绝妙图画!画中诗人的形象更加生动逼肖、鲜明突出,而其蕴含的丰富复杂情思也就更耐人咀嚼了。

近代诗论家陈衍《石遗室诗话》卷二十七评此诗:"仆谓以'细雨骑驴入剑门'博得诗人名号,亦太可怜,况尚未知其是否乎!结习累人如此。然此诗若自嘲,实自喜也。"他说陆游骑驴入剑门博得诗人名号"太可怜",颇能体会诗人的心情,但"若自嘲,实自喜",应当反过来说"若自喜,实自嘲","更自悲"才确切。陈衍又引友人罗掞东评语云:"剑南七绝,宋人中最占上峰。此首又其最上峰者,直摩唐贤之垒。"在宋人七绝中,陆游与苏轼究竟谁"最占上峰",尚可商榷;但说这首《剑门道中遇微雨》是陆游七绝"最上峰者",笔者乐意投一赞成票。

纯用名词意象　展现抗金战场
——陆游《书愤》

> 早岁那知世事艰，中原北望气如山。
>
> 楼船夜雪瓜洲渡，铁马秋风大散关。
>
> 塞上长城应自许，镜中衰鬓已先斑。
>
> 《出师》一表真名世，千载谁堪伯仲间！

这首七律作于淳熙十三年（1186）春。从淳熙七年（1180）冬，陆游被罢官还乡起，在山阴家中闲居了五年多，已是六十二岁的老人。直到这一年春，陆游才被任命为知严州（今浙江建德）军州事。严州远离抗金前线。据《宋史·陆游传》载，陆游入京陛辞时，宋孝宗对他说："严陵，山水胜处，职事之暇，可以赋咏自适。"陆游一生志在抗金，收复中原，南宋小朝廷却给闲居多年的他安置在"山水胜处"，让他逍遥自适，写诗作赋。诗人口头上说感激皇恩，内心却万分痛苦。因此，他在赴任严州时写了这首《书愤》，就是要宣泄长期郁积于心的报国无门、壮志难酬的悲愤。诗的前四句是对往事的回忆。首联"早岁"，指自己年轻时，和下文的"衰鬓"对应。世事艰，是饱经坎坷、挫折的老诗人对现实政治的深刻认识，包含着对南宋朝廷苟且偷安，屈辱议和，对投降派排斥打击主战派的愤慨不平。"气如山"，语出《三国志·吴主传》裴注《江表传》："（孙）权怒曰：'……近为鼠子所前却，令人气涌如山。'"这两句说：年轻的时候，哪里知道世事如此艰难；北望中原，幻想着收复失地，胸中壮气汹涌，像山一般高。诗人一落笔即运用了"奔进的表情法"（梁启超《中国韵文里头所表现的情感》），把收复中原的如山壮气直接倾注纸上，使诗的开篇极有气势，读者已强烈地感受到诗人早年的豪迈与晚年的悲愤。

　　颔联突出回忆自己早年的两段抗金斗争的经历，同时也概括了宋、金在东南和西北两个战场作战的往事。楼船，有楼的船，指南宋战舰。瓜洲渡，在今江苏扬州境内，长江北岸，大运河入长江处，与南岸的镇江隔江相对。铁马，披铁甲的战马。大散关，在今陕西宝鸡西南大散岭上，当秦岭咽喉，扼川陕交通孔道，是当时宋金交界的关隘重镇。绍兴三十一年（1161）十一月，金主完颜亮南侵，准备从瓜洲渡江。宋将刘锜、虞允文等在瓜洲、采石一带以水军击败了金兵。后来完颜亮为部下所杀，金兵溃退。隆兴二年（1164），陆游四十岁，在镇江任通判。当时主战大臣张浚督军江淮，操练兵马，增置战舰，在建康、镇江之间的江上巡航。这年三月，张浚视师经过镇江，对陆游颇为赏识，并想招陆到其麾下。但不久，张浚军在符离大败，次年被罢免，陆游参加北伐的心愿破灭。绍兴三十一年秋天，金人攻占大散关。吴璘的部队与之激战。次年，收复了这个重地。乾道八年（1172）春，陆游在南郑（今陕西汉中）入四川宣抚使王炎军幕，积极向王炎陈进取之策，曾参加强渡渭水，到过大散关，很可能在关下与金兵有过小规模的遭遇战。但是这年九月，王炎被调回临安，他的幕僚也随之星散，陆游北伐的心愿又成泡影。

以上所述，是陆游的两段在抗金前线的经历，又是宋、金在分别以瓜洲渡和大散关为标志的东南与西北两个战场作战的往事。宋金双方互有胜负，时间长达十年以上。如此丰富复杂的战事，在一联诗中怎样表现？如果用叙事方法，可能七、八行诗句也难以叙述清楚。具有高超诗歌艺术功力的诗人巧妙地采取纯意象表现方法，他先营构出"楼船"和"铁马"这两个分别表示水战与陆战的意象作为主体，再分别用"夜雪""瓜洲渡"和"秋风""大散关"这四个表示天气、地点、环境氛围的意象来衬托。于是，六个意象叠加并组合成两个典型场景——两幅气势豪迈、境界雄浑的画面。这是诗人早年的收复壮志和两段从军经历的形象表现，也是对南宋广大军民气壮山河的抗金斗争的诗意概括。读这一联诗，我们好像见到宋军的楼船在漫天夜雪中向瓜洲古渡破浪行进，看见身着戎装的陆游正在楼船上凭栏远眺；我们也好像见到南宋军民在大散关头与金兵浴血鏖战，见到陆游骑着铁马迎着秋风扬鞭驰骋。这一联诗纯用名词，不用一个动词，却动感强烈；上下句大幅度跨越时空，又一气贯注；对仗工整自然。正由于这一联诗的意象生动、鲜明、丰富，有典型性，才使全篇形成情景交融的意境。清代方东树评曰："妙在三四句兼写景象，声色动人，否则近于枯竭。"(《昭昧詹言》卷二十)评得中肯。

这种只有名词或名词性词语而无动词的对仗联，在浩如烟海的宋诗中并不多见。在笔者看来，最精彩的就是北宋诗人黄庭坚的"桃李春风一杯酒，江湖夜雨十年灯"(《寄黄几复》)和陆游的这一联，一直被人们广泛传诵。

陆游任镇江通判和在南郑做王炎幕僚，都曾亲临前线，但最终均未能施展杀敌报国的理想抱负，这使诗人跌入失望的深谷之中。故而诗的颈联，由上一联的雄放豪迈陡然转折，变为悲愤苍凉，沉郁顿挫。吴小如师说："'沉郁'偏重指思想内涵。'沉'者，深也，'郁'是凝聚的意思。……'顿挫'是一层意思深似一层，有转折。"（《吴小如讲杜诗》，天津古籍出版社，2012，44页）说得简明扼要。此联确是沉郁顿挫。上句"塞上长城"，典出《宋书·檀道济传》，南朝刘宋名将檀道济被宋文帝猜忌而杀害，临死前脱帻投地怒叱："乃复坏汝万里长城！"这一联说：可叹我空自期许为可以保卫国家的万里长城，如今请缨无路，壮志未酬，揽镜自照，只见两鬓衰颓，先已白发斑斑。塞上长城，雄伟坚固；镜中衰鬓，憔悴不堪。这两个意象对比强烈。"空自"、"已先"承接呼应，虚字实用，运虚为实，力透纸背，抒发出诗人彻腑入骨的悲愤之情。

律诗中间两联的安排要力避重复，贵在变化。此诗颔联写景，颈联抒情；颔联情绪雄放昂扬，颈联情绪悲愤沉郁；颔联是名词短语，颈联却是有主谓语的完整句；颔联是正对，上下句所写时空大幅度飞跃，颈联用反对，句中转折顿挫，上下句意递进。总之，中两联天矫多变，自能扣人心弦。

岁月流逝，壮志未酬，却霜染双鬓，使陆游痛心疾首。但诗人仍如老骥伏枥，志在千里，他在诗的尾联，再次高喊出慷慨激昂的心声。出师一表，三国时蜀相诸葛亮出师北伐，临行前向蜀后主刘禅上表，中有"当奖帅三军，北定中原"之语，后人称为《出师表》。名世，名传后世。伯仲间，语出杜甫《咏怀古迹》"伯仲之间见伊吕"，是杜甫称赞诸葛亮的话。伊吕，即商朝的伊尹和周朝的吕尚，二人都是开国功臣。伯仲，古时称兄弟间长者为伯，次者为仲，引申为衡量人物差等之词。伯仲间，犹言可以相提并论。这一联说：诸葛亮的《出师表》真足以名传后世。试问千载之下，有谁能和诸葛亮相比呢！陆游感慨从伊吕以后一千多年，再也没有人比得上诸葛亮这位为了国家复兴呕尽心血的名臣了。其言外之意是，他盼望能够出现像诸葛亮那样赤忱为国的名臣，他也要向诸葛亮学习，为恢复中原的大业鞠躬尽瘁，死而后已。这一联与首联相呼应，字字发自肺腑，语气激昂，情绪悲壮，感慨深长；掷地有金石之声！至此，一位爱国诗人形象如高山巍立，令人仰止。

绝等伤心的爱情悲歌
——陆游《沈园二首》

城上斜阳画角哀，沈园非复旧池台。

伤心桥下春波绿，曾是惊鸿照影来。

梦断香消四十年，沈园柳老不吹绵。

此身行作稽山土，犹吊遗踪一泫然。

这两首七绝，是陆游为其爱妻唐琬作的悼亡诗。

陆游一生最大的个人不幸，就是与唐琬的爱情悲剧。据南宋周密《齐东野语》等书记载与近现代学者考证：陆游于高宗绍兴十四年（1144）二十岁时与唐琬结婚，夫妻感情很好，但陆母并不喜欢儿媳，陆游被迫离异。绍兴二十五年春，陆游三十一岁，在绍兴城禹迹寺南的沈园，与已经改嫁的唐琬偶然相遇。不久，唐氏就郁郁而死。此后，陆游对唐琬的悲悼之情一直郁积于怀，陆续写了多首悼亡诗，《沈园二首》是其中传诵最广的，作于庆元五年（1199），是年陆游七十五岁。

第一首回忆沈园相逢，表达对亡妻的忆念之情。表现方法是以写景为主，移情于景与情寓景中。首句"城上斜阳"，落笔写景，不仅点明诗人重访沈园的时间，更是以昏黄的斜阳，给沈园涂抹惨淡的色彩情调，并为全诗渲染一种凄凉的环境氛围。画角，是彩铃的号角，古时军中用以警昏晓，其声高亢凄厉。诗人在描画了"城上斜阳"的视觉意象之后，又配以"画角哀"的听觉意象。哀，是诗人将自己内心的悲哀之情移注于角声。这一句绘声绘色，描写绍兴城的黄昏景象，作为下文写沈园的背景、陪衬。

次句扣题，正面写沈园。在此同时，陆游还写了一首情事相同的七律，诗的长题说沈园已"三易主"，诗中有"坏壁醉题尘漠漠"之句，可见沈园早就荒凉破败，旧日池台等景物已面目全非，很难辨认了。沈园是诗人与唐琬离异后偶然相逢之处，也是生离死别之地，留下了他短暂的惊喜与永久的悲痛。他来沈园，就是要重温旧梦，于故地追忆当年与唐氏邂逅的情景。西晋潘岳与唐韦应物、元稹等诗人的悼亡诗，都用物在人逝表达对妻子的悲伤感念之情，陆游更翻进一层，写沈园巨变、池台难辨，表达其心境的极度凄苦寥落，眼前与心中的一切都成空幻。所以这一句看似平淡而情深意浓。

然而诗人并未放弃寻觅，终于看到桥下的春水绿波一如昔日。四十五年前，唐琬正如建安诗人曹植《洛神赋》中所描写的"翩若惊鸿"的仙子，飘然降临，照影于桥下的春波。当时，她是那样体态轻盈、美丽温柔、凄楚动人，使得他惊喜不已，无限怜爱。如今，仍是春波潋滟，但惊鸿早已飞逝无踪，留给他的只是痛彻肺腑的回忆。

"伤心"与"桥下春波绿"的情景交融，继之以一个"惊鸿照影"的幻美形象收束全篇。这个惊鸿的美丽影子一直荡漾在诗人的心湖之中，直到他生命终止。

第二首抒写诗人对爱情的至老不渝，表现方法与前首相反，以写情为主，直抒心声，深挚感人。梦断香消，指唐琬亡故。四十年，唐氏去世已四十五年，这里取其整数。绵，柳絮。首句直承前首"惊鸿照影"，诗人追寻他心爱的惊鸿，就是在梦里也苦苦寻觅她的芳踪。然而唐琬已香消玉殒四十多年，诗人即使在梦中也看不到她的身影了。这句是叙事，融情于事。次句写景状物：曾经摇曳春光的满园杨柳，都已苍老，不再开花飞絮了。"柳老不吹绵"既是描写即目所见景物,也是喻象,借以隐喻自己年逾古稀,已无青春的浪漫与生命的活力。这句同前首的次句相呼应,但更加感怆沉痛。顾随先生评赞说:"次句好,……真令人销魂、断肠,树犹如此,人何以堪。"(《中国古典诗词感发》,229页)

诗人已如园中老柳,生命快到了尽头,但仍然对唐琬念念不忘。于是,在诗的结句直接倾诉对她坚贞不渝的爱情。行,即将。作,化作。稽山,会稽山,在绍兴东南。吊,凭吊。泫然,伤心流泪的样子。这两句说:眼看我这把老骨头也将化作会稽山脚下的一抔黄土,还来凭吊你的遗踪,不禁涕泪潸然。这一句从诗人肺腑中奔迸而出,字字渗着诗人的热泪,其感情真挚、深沉,直透纸背,震撼着古今读者的心弦,引起强烈的共鸣。笔者读这一联诗深受感动,忽然联想到晚唐诗人李商隐的"春蚕到死丝方尽,蜡炬成灰泪始干"(《无题》)一联,用比喻寓象征的手法,以春蚕到死才终止吐丝,蜡烛燃尽方停流烛泪的意象,表现对所爱者至死不渝的思念和终生不已的别离之恨,意象奇警贴切,情感热烈缠绵、沉痛深至。而陆游这两句不用比喻,不用象征,全是感情的白描与直接倾诉,同样在我的眼前呈现出对爱情坚贞不泯、至老不渝的诗

绍兴沈园

人形象。所以，直抒真情，也能产生如闻其声、如见其人的艺术效果。

　　王国维在《人间词话》中说："境非独谓景物也。喜、怒、哀、乐，亦人心中之一境界。故能写真景物、真感情者，谓之有境界。否则谓之无境界。"感情，是诗歌的生命；真挚的感情，才能使诗歌具有兴发感动的力量。写景抒情，都贵在"真"字，当然还有与"真"密切相连的"善"和"美"字。如是，则以抒情为主，或以写景为主，都可以构成鲜明深远、感动人心的意境。《沈园二首》其一以写景为主，其二以抒情为主，都有深婉动人的意境。

宋诗数量是唐诗的几倍，但写爱情的诗却很少。钱锺书先生说："宋人在恋爱生活里的悲欢离合不反映在他们的诗里，而常常出现在他们的词里。"（《宋诗选注》）因此，陆游抒写对唐琬的挚爱与怀念的一批诗歌，尤能引起诗论家的重视并获得好评。近代陈衍《宋诗精华录》选了陆游《沈园二首》和上文提到的那一首七律，并评赞道："古今断肠之作，无如此前后三首者。"又说："无此绝等伤心之事，亦无此绝等伤心之诗。就百年论，谁愿有此事；就千秋论，不可无此诗。"顾随评曰："'沈园'之四绝（指《沈园二首》和写"菊枕"的二首七绝）即放翁了不起处，虽无奇情壮采，而真。"（同上文引）程千帆《古诗今选》也选了《沈园二首》，他评论说："这两篇诗写的是作者自己的家庭悲剧。在封建社会的伦理观点支配之下，父母对于子女具有绝对权威。因此，像陆、唐这类的悲剧就经常发生。诗人在这里对自己悲剧产生的原因没有作出任何指责，他只是倾诉了一辈子也排遣不了的哀伤，也就使读者透过他的哀伤，看出了封建社会的黑暗面。"（《古诗今选》，凤凰出版社，2010，537页）这段评语，中肯地说出了《沈园二首》的认识价值。

童心活法　高手写生
——杨万里《小池》

泉眼无声惜细流，树阴照水爱晴柔。

小荷才露尖尖角，早有蜻蜓立上头。

这首七言绝句的作者杨万里（1127—1206），字廷秀，号诚斋野客。吉州吉水（今属江西）人，绍兴二十四年（1154）进士，任零陵（今属湖南）丞。历吏部员外郎、秘书少监等职。淳熙十四年（1187）因忤宋孝宗，出知筠州（今江西高安），复召为秘书监。晚年拒绝韩侂胄笼络，家居十五年不出，卒于吉水。他是南宋中兴四大诗人之一，诗歌总的成就不及陆游，但在创新诗体方面则过之。他写了不少忧国忧民的作品，写得更多更好的是描摹自然景物的小诗，生机蓬勃，天真灵动，充满了谐趣、奇趣和理趣，语言生动活泼，多用俗言口语，被称为"诚斋体",影响很大。《小池》是他的一首写景小诗名篇。淳熙三年(1176)诗人家居吉水时作。

诗题为"小池",全篇描写初夏小池塘幽美的景色,写得细致传神,生动活泼,清新自然,情趣盎然,惹人喜爱。首句先写小池上面的泉眼,即泉水出口的小孔。诗人说,这泉眼好像特别爱惜泉水,有意让它一点点地慢慢地无声地流出来。次句写池边的树。时至夏日,绿树成阴。树阴把小池当作妆镜,临池而照,是因为格外喜爱晴日下她投映在水中的温柔绰约姿态吧。如果说上面这两句所写情景,是诗人在小池边长时间静静观察所得的客观印象和主观感受,那么接下去的三四句,则是诗人那一双善于发现美的眼睛在一瞬间捕捉到的动态景象:池里的荷叶,刚刚长出嫩绿色的小小尖角儿,还没有舒展开来,没想到精明机灵的蜻蜓捷足先登,已亭亭站立在叶尖之上。

王国维在《人间词话》中说:"词人者,不失其赤子之心者也。""赤子之心",亦即天真、纯洁的童心。张鸣先生说:"杨万里是一位极富于童心的诗人。"(《宋诗选》)他常以儿童般的心灵感受世界,以儿童般的眼光观察自然界的花草树木、鸟兽虫鱼。儿童喜爱小东西。所以在这首小诗中，"小池""泉眼""细流""小荷""尖尖角""蜻蜓"，无一不小又无一不玲珑可爱。诗人用童心来感受世界，自然事物就都有生命，有灵性，多情善感。《小池》所写的各种景物，无一不是拟人化的。泉眼小水流细，诗人就说是它爱惜泉水；池边树木投映水中，诗人就说是树阴爱晴柔而以池为镜自照；得到池水滋润的小荷，迫不及待地在晴日下长出美丽的嫩叶；而最机灵的蜻蜓，乍见荷叶露出尖角，就赶忙飞来独占风光。看，在杨万里的笔下，自然界的有生物无生物都那么生气勃勃，活力十足，精灵可爱！

杨万里的七绝写得最多最好。他说他学诗，学江西派学腻了，就改学王安石的绝句，然后过渡到学晚唐人的绝句。不过，自江西派的吕本中提倡"活法"以来，杨万里是用活法作诗成就最突出的诗人。钱锺书指出，杨万里的活法就是"努力要跟事物——主要是自然界——重新建立嫡亲母子的骨肉关系，要恢复耳目观感的天真状态"（《宋诗选注》）。钱先生又在《谈艺录》里比较陆游、杨万里写景手法说："放翁善写景，而诚斋善写生。放翁如画图之工笔，诚斋则如摄影之快镜：兔起鹘落，鸢飞鱼跃，稍纵即逝而及其未逝，转瞬即改而当其未改，眼明手捷，纵矢蹴风：此诚斋之所独也。"在这首《小池》诗中，杨万里就以敏捷手眼，捕捉到了小荷刚露尖角蜻蜓即飞立其上这一稍纵即逝、妙趣横生的景象，并用明快活泼的语言速写出来。在杨万里的诗集中，这种倏忽变化，稍纵即逝的动态奇景比比皆是，使读者目不暇接，请看："风头才北忽成南，转眼黄田到谢潭。仿佛一峰船外影，塞帷急看紫巉岩。"（《舟过谢潭》）"篱落疏疏一径深，树头新绿未成阴。儿童急走追黄蝶，飞入菜花无处寻。"（《宿新市徐公店》）

杨万里的写景小诗不仅有谐趣、奇趣，还有启人灵智、耐人品味的理趣。杨万里在青年时就拜爱国名臣、理学家张浚为师，张勉之以"正心诚意"之学，于是杨自号"诚斋"。以后，他一直与张浚之子、理学家、诗人张栻交往，深受其影响，进一步接受了人须与自然万物亲近，以便格物致知、随事明理的认识论。因此在他即兴的写景诗中，往往融入了哲理。《小池》中"才露尖尖角"的小荷，使人感悟到新生命的灵奇蓬勃与新事物的稚嫩可爱；而那只最早立于荷叶上的蜻蜓，则启迪读者要像它那样对新生事物反应敏捷，满腔热情，倍加爱护与珍惜。从全篇看，泉眼、树阴、小荷、蜻蜓，它们相爱相惜，相依相假，多么和谐美妙！中外美学家提出的"美是关系""美是和谐"的理论，不就是从这一幅寻常的自然景物图画中显示出来了吗？清代沈德潜在《清诗别裁集·凡例》中说："诗不能离理，然贵有理趣，不贵下理语。"杨万里有不少写景诗，都像这首《小池》一样，贵有理趣，如："霁天欲晓未明间，满目奇峰总可观。却有一峰忽然长，方知不动是真山。"（《晓行望云山》）"莫言下岭便无难，赚得行人错喜欢。正入万山围子里，一山放出一山拦。"（《过松源晨炊漆公店》）这些小诗没有理语，也许诗人并无意说理，但诗人目击道存，理寓景中，情、景、理融为一体，这是哲理诗的上乘境界。

笔者认为：在两宋诗坛上，苏轼、杨万里、朱熹是三位哲理诗成就最高的大家。

畸联警句　浓缩精炼
——萧德藻《登岳阳楼》

> 不作苍茫去，真成浪荡游。
>
> 三年夜郎客，一柁洞庭秋。
>
> 得句鹭飞处，看山天尽头。
>
> 犹嫌未奇绝，更上岳阳楼。

　　这首五言律诗的作者萧德藻，字东夫，闽清（今属福建）人，生卒年不详。绍兴二十一年（1151）进士。乾道中曾为乌程县（今浙江湖州）令，因徙家于此，以所居屏山千岩竞秀，自号千岩老人。淳熙四年（1177），为循州（今广东龙川县西南）判官。后擢知峡州（今湖北宜昌），官终福建安抚司参议。他从曾几学诗，又是姜夔的老师，杨万里把他与尤袤、陆游、范成大并称为"尤萧范陆四诗翁"。其诗奇峭古硬，思致精苦，独具一格。有《千岩摘稿》，已佚。《全宋诗》录其诗仅十二首。

岳阳楼在今湖南岳阳市洞庭湖边，为江南三大名楼之一。这首诗大概是萧德藻知峡州任满，回临安（今浙江杭州）述职，途经湖南岳阳时作。诗的前四句写游览洞庭湖的兴会，暗寓身世之慨。首联，苍茫，旷远迷茫貌。浪荡游，毫无意味的放浪江湖之游。这两句说：如果不在这旷远无际的洞庭湖上好好游览观赏一番，那可真成了毫无意味的浪荡之游了。首联突兀而起，用笔奇崛，以假设语句抒发感慨，以自己仕途蹭蹬，漂泊浪荡，怀才不遇，抱负成空，反衬今日乘一叶扁舟游览苍茫洞庭的快意。有学者说这两句是说："可叹我不能像范蠡那样，乘扁舟到遥远的五湖去，在那海阔天空处尽情遨游，却违背着心愿，被拘在湖南，游来游去。"（《宋诗鉴赏辞典》，上海辞书出版社，1987，892页）笔者感到扯得过远，说得太死，与后三联情绪不合，恐非诗人心意。杜甫晚年作五律《登岳阳楼》，历代诗评家公认是写洞庭气象壮阔、元气浑茫、涵蓄深远的杰作。萧德藻这首诗与杜诗同题目同诗体，肯定要受杜诗的影响。即以首联论，杜诗云："昔闻洞庭水，今上岳阳楼。"用了工整自然的流水对仗。萧诗效法老杜，以"不作"对"真成"，"苍茫去"对"浪荡游"，也是工整自然的流水对，上下两句一气流走。当然，杜诗在"昔闻"与"今上"的对照中，包蕴着忧国忧民与自伤身世的深沉情思，萧诗只有身世感慨，但"苍茫"与"浪荡"这两个叠韵连绵词前后呼应，声韵相同而平仄相对，读来朗朗上口，在艺术技法上有所创新。

诗的颔联，夜郎客，夜郎乃古国名，在今贵州西北，云南东北，四川南部地区。诗人曾知峡州，地近古夜郎国，故称。曾枣庄先生主编《中国文学家大辞典·宋代卷》说萧德藻"擢知峡州，不赴"，但据此句所写，他应是已赴任峡州有三年之久。柂，即舵，这里借指船。这两句说：三年来我在荒凉偏僻的夜郎之地作客，今天却能乘一叶扁舟壮观瑰丽的洞庭秋色。一首律诗，中间的两个对仗联，至少要有一联写得出色，其他各联能够大体上与之相称，才能算是成功之作。此诗颔联堪称警联。上句"三年夜郎客"，看似平平叙来，其实饱含着诗人三年来在穷乡僻壤生活的艰苦孤寂。诗句有如脱口而出，十分自然，又精炼浓缩。为了形成工整的对仗，诗人更精心创构出下句。具象数量词"一柂"与抽象数量词"三年"相对，"一柂"又和"洞庭秋"组合成句，于是形成了类似现代诗论中所说的"畸联"，即在特定语境中，词与词、词组与词组、句子与句子超出常态的畸形组合。"一桡"是写实的、具体的、体积小的名词意象，诗人用它修饰、形容"洞庭秋"这个相对来说是虚写的、抽象的、广大空阔的名词意象。"洞庭秋"与"一桡"联接组合，不仅产生了新奇感、陌生感，而且使它也变成了生动的具象。"一桡洞庭秋"，点明了诗人是乘船游览秋日的洞庭，它能触发读者的诗意联想，宛若见到诗人身在轻桡容与中，欣赏湖光山色，或见到他与驾船舵工笑谈洞庭秋色之美。这一联两句都是没有动词的名词短语，字面上对得工整，但上下句语境距离很远，上句所写三年里作客夜郎的孤苦，与下句所写乘一叶舟游览洞庭的畅快对比强烈，却又一气贯通。从以上赏析看，这一联是全诗的警联，"一桡洞庭秋"乃一篇之奇句。

颈联承接颔联，更具体地抒写游览洞庭获得的诗兴与快意。这两句说：我在一群白鹭翩翩起飞之处获得了灵感，写出了佳句；我遥望隐隐秋山，感觉它们在极远的地方，仿佛是天的尽头。飞翔的白鹭与巍立的青山形成了动与静、近与远、白与青的对比映衬。"得句""看山"分别与"鹭飞处""天尽头"连接，形成了人与物、情与景的结合，展现出一个高远、富于动感的境界。这一联的句式，由上联无动词谓语的名词短语变为省略了主语的谓语宾

元·夏永《岳阳楼图》

语句,语言同样浓缩精炼,对仗仍然工整,但已由上联的反对变为正对。诗人有意用"鹭飞处"(仄平仄)和"天尽头"(平仄平)的拗句相对,也增添了音节奇崛生硬的艺术效果。

写到这里,诗人意兴未足,于是在尾联直抒"犹嫌未奇绝",从而水到渠成地引出直接点题的结句"更上岳阳楼",写他舍舟登岸,乘兴登上岳阳楼,意欲发现和捕捉更加奇绝的景致。诗至此戛然而止，留给读者广阔的想象空间，收结斩截有力。

当代学者钱学增说："诗末二句，自'欲穷千里目，更上一层楼'翻出，颇具新意。"（钱仲联选、钱学增注《宋诗三百首》，浙江古籍出版社，1987，181页）周慧珍说："写登临前的所感所游，于结句方点题登楼，可谓独辟蹊径了。"（《宋诗鉴赏辞典》，892页）说得都好，但也有可补充、修正之处。笔者认为，萧氏此诗并非独辟蹊径。杜甫《望岳》诗云："岱宗夫如何？齐鲁青未了。造化钟神秀，阴阳割昏晓。荡胸生层云，决眦入归鸟。会当凌绝顶，一览众山小。"前六句写望岳——从远望、近望到细望的所见所感，直到结尾两句才写出登岳意愿。萧诗的构思章法显然学习、模仿了杜诗。而其尾联，确有可能从王之涣《登鹳雀楼》的"欲穷""更上"两句翻出。但平心而论，萧德藻诗以想象奇特、语言峭硬见长，却缺乏唐人宽广的胸襟与豪迈的气魄。即以此诗结尾二句为例，既无青年杜甫那种敢攀绝顶俯视一切的雄心，也无王之涣所领悟的站得高看得远的哲理。萧诗未能在尾联更多地深化诗意提升诗境，故而不及王、杜诗，而这少年的精神与风发的意气，也正是宋诗所欠缺的盛唐气象的体现。

朱夫子的三类理趣诗

——朱熹《水口行舟》

昨夜扁舟雨一蓑，满江风浪夜如何。

今朝试卷孤篷看，依旧青山绿树多。

这首七言绝句的作者朱熹（1130—1200），是集宋
代理学大成的思想家。字元晦，一字仲晦，号晦庵，别称
紫阳，晚年自号晦翁、遁翁。徽州婺源（今江西婺源）人，
生于南剑州尤溪（今属福建），徙居建阳（今属福建）考
亭。绍兴十八年（1148）进士。任泉州同安县主簿。淳熙间
置南康军，改提举浙东茶盐公事，救荒革弊，政绩很好。
光宗时曾知漳州、潭州。宁宗即位，召为焕章阁待制兼侍
讲，但在朝仅四十多天，便因冒犯权贵而被罢免。卒谥文，
世称朱文公。他有很高的文学修养，谈诗论文见解精辟，
今存诗近1200首。

朱熹写了一些抗战爱国的诗篇，但更使人重视的是取材于大自然的作品。据说他平时每到一处，"闻有佳山水，虽迁途数十里，必往游焉……登览竟日，未尝厌倦"（罗大经撰《鹤林玉露》丙编卷三）。淳熙二年（1175）四月，朱熹自漳州离任回崇安，途经水口，写了这首诗。水口，在今福建邵武东南，宋置水口寨。

全篇写诗人乘舟夜遇大风雨的见闻感受。前二句，诗人从今朝雨霁回忆昨夜情景。扁（piān）舟，小船。蓑（suō），蓑衣。这二句说，昨夜大雨瓢泼，风急浪高，江天一片漆黑。我乘舟到水口一带，倾听着满江的风雨声和波浪声，我不知道这险恶的风浪会造成多大的危害。这两句语言精炼，情景生动。"昨夜扁舟"点出水上行舟和时间；"雨一蓑"写雨，又暗示自己身披蓑衣躲进船舱里避雨；"满江风浪"是诗人在漆黑的夜里所闻、所猜想的景象；"夜如何"，表现诗人忐忑不安、担心忧虑的心情。叠用两个"夜"字，似是有意重复，为了加强渲染风雨黑夜险恶的情境氛围。

诗的后二句写天明雨霁情景。第三句承上启下，是对诗意诗境的转折与开拓。早上天一亮，雨就停了，诗人试着卷起船篷向外观看。这表明诗人整夜都在担忧，睡不安稳或根本没睡。试，即试探，写出诗人生怕昨夜满江风浪已带来不好的后果，这是虚字传神的诗眼。句尾着一"看"字，就自然地引出了第四句，浓墨重彩展现诗人所见雨霁的新鲜景象：风雨过后的闽江，波平浪静；两岸依然是青山滴翠，绿树葱茏；天朗气清，令人赏心悦目。"依旧"与"多"，透露出诗人无限舒畅喜悦之情。这一句纯是写景，却景中含情，景中寓理。诗人从此次舟行的亲身经历中悟出一个道理：不管风浪怎样险恶，却摧不垮青山绿树；风浪过后，大自然仍然生机蓬勃，无限美好。读者由此获得启迪：在人生的旅途上，不要畏惧暴风骤雨和惊涛骇浪，要保持坚强乐观的心态，要相信一切美好的事物，人的生命活力终究要战胜黑暗、邪恶的势力。显然，诗中蕴含的这一哲理，内涵深刻，具有普遍意义，更有激励人心的精神力量。

朱熹写了不少哲理诗，不用理语，饶有理趣。近代诗论家陈衍在《宋诗精华录》中称赞朱熹"登山临水，处处有诗，盖道学中之最活泼者"，并指出朱熹诗中有"寓物说理而不腐之作"。笔者认为朱熹的理趣诗可以分为三类：第一类如《观书有感》，从诗题可知，是诗人先有了某种道理的心得体会，再选用生动的自然景物意象来表现；第二类如《春日》，诗中写了"胜日寻芳泗水滨"，但身居南宋的诗人不可能真的到山东中部去，所以诗人完全采用象征手法，借写泗水滨的春日风光和寻春心得表现探究圣人之道的心得；第三类如《偶题三首》其二云："擘开苍峡吼奔雷，万斛飞泉涌出来。断梗枯槎无泊处，一川寒碧自萦回。"全篇都是描写峡水出山和注入平原的景象，却蕴含着对一种奋斗精神的赞颂。诗的哲理融于景中，含蓄不露，读者须反复涵咏深细品味才能领悟。这是哲理诗最上乘的境界，《水口行舟》即属于这一类。

作为一个理学家诗人，朱熹的诗歌创作终究以义理、道德为第一义。他否定苏轼的学术，甚至偏激地批评苏轼"文字也多是信笔胡说，全不看道理"(《朱子语类》卷十四)，但内心里欣赏苏轼的文学才华。苏轼的七绝名篇《六月二十七日望湖楼醉书五绝》其一云："黑云翻墨未遮山，白雨跳珠乱入船。卷地风来忽吹散，望湖楼下水如天。"在描写夏日西湖倏忽间的晴雨变幻中有政治寓意，又有哲理。笔者感觉到朱熹此诗在立意、构思、章法乃至写由雨变晴景色几方面，都对苏诗有所学习与借鉴。

状物抒情　写人寓理
——叶绍翁《游园不值》

应怜屐齿印苍苔，小扣柴扉久不开。

春色满园关不住，一枝红杏出墙来。

这首七绝的作者叶绍翁（1194—？），字嗣宗，号靖逸，祖籍建安（今福建建瓯），自署龙泉（今属浙江）人。早年曾预进士试，后入朝为官，最后弃官隐居杭州西湖。他与著名学者真德秀友善，又与葛天民往来酬唱，博学工诗，尤擅长七绝，作品多写田园风光。有《靖逸小集》。

诗题为"游园不值"，就是写想入园游玩，而没有遇到小园主人。前两句，怜，爱惜。屐，木制鞋，鞋底下有两道齿以防滑。小扣，轻轻地敲。春天里，诗人穿着木屐出游，想入小园踏春赏花，但园门紧闭着，于是他轻轻地敲门，敲了许久，没人来开。他猜想是小园主人爱惜园中的青苔，不让来客的木屐齿印在上面吧。应怜，一本作"应嫌"，意谓应是主人嫌忌游客，亦可通，但"应怜"说主人爱惜青苔，诗意更佳。小扣柴扉久不开，一本作"十扣柴扉九不开"。十扣九不开，当有一开，与后文"关不住"词理相悖，不妥。而小扣久不开，见出诗人对园主的理解与尊重，读之如闻轻轻叩门的剥啄之声，饶有诗味。后二句，写在园外徘徊的诗人忽见一枝红杏伸出墙头，于是想到园门可关，而满园烂漫春光却不能关住，心中油然生出一种意外的喜悦。

钱锺书在《宋诗选注》中指出：叶绍翁这首诗脱胎于陆游的《马上作》："平桥小陌雨初收，淡日穿云翠霭浮。杨柳不遮春色断，一枝红杏出墙头。"但叶诗第三句比陆诗写得新警。笔者赞同钱先生的见解，这里想补充说一点：陆诗写他在马上所见，一句一景，笔墨分散，未能突出一枝红杏出墙；而叶诗前三句都是衬托、铺垫，使结句一支红杏出墙产生以小见大、以少胜多、格外醒豁的艺术效果，所以叶诗脱胎于陆诗却又超越陆诗，成为宋代七绝的名篇。

在欣赏、品评叶绍翁这首诗的过程中，我忽然想到了中唐诗人贾岛的五绝佳作《访隐者不遇》："松下问童子,言师采药去。只在此山中,云深不知处。"我觉得叶诗既脱胎于陆诗,又学习借鉴了贾诗。如果对叶诗与贾诗作一些比较赏析,很有利于深入揭示二诗思想与艺术之奇妙。

首先,贾诗是《访隐者不遇》,叶诗是《游园不值》,都是写访人不遇。叶绍翁在创作此诗时,完全有可能受到贾诗的影响、启发。

其次,贾诗在二十个字中竟写出了三个人物:一个是不辞辛苦满怀钦慕专程入山寻访隐士的"我",一个是对"我"的询问有意"卖关子"的活泼调皮童子;还有一位是此诗的主角——采药深山、济世活人的隐士。他的形象从童子的答话中显出,诗人又以白云显其高洁,借青松赞其风骨。叶诗写了两个人物:一个是热爱生活、热爱春天、期望入园赏花寻春的"我"。他对园主人爱惜青苔能理解与尊重;他小扣柴扉,举止文雅有礼;园门不开,他虽失望却未匆匆离去;最终发现了伸出墙头的一枝艳丽红杏,收获了意外的惊喜。另一个人物是园的主人。霍松林先生谈到了他,说:"那么主人是怎样的人呢?门虽设而常关,'叩'之又'久不开',其人懒于社交,无心利禄,已不言可知。门虽常关,而满园春色却溢于墙外,其人怡情自然，风神俊朗，更动人遐想。"（《宋诗鉴赏辞典》，上海辞书出版社，1987，1242页）中国古代一些优秀的五、七言绝句，仅二十字或二十八字，竟能在写景抒情中巧妙地叙事写人，或反过来，在叙事写人中巧妙地写景抒情，或者在写人物的对话或独白中展现出一幕戏剧。这是中华民族文学的瑰宝，是外国的诗歌难以媲美的。贾岛、叶绍翁的这两首诗，就是在写景抒情中巧妙叙事写人的佳构。

再次，贾、叶二诗都有独具匠心、曲折跌宕的艺术结构。贾诗巧用"寓问于答"方法，曲折深沉地叙写访人不遇的情事。"言师采药去"，省略了问话"师往何处去"；"只在此山中"，以回答省掉"采药在何处"的问句；"云深不知处"，又是对"我"具体询问采药所在的回答。二十个字，写了三番答问，表达出"我"的情绪在希望、失望、希望、怅惘中反复变化，其曲折腾挪、起伏跌宕、笔简意丰，令人击节赞叹！叶诗所写情事，按正常时间顺序，一二句应是先写"小扣柴扉"，再写"应怜屐齿"的猜想；第三句先写忽见"一枝红杏"，后写对满园春色的联想，而诗人有意打破这个顺序，先写后发生之事。这样，就在前二句突出强调"我"观花赏春的迫切心情和不能如愿的失望，为下面三四句的转折作好了铺垫。第三句先说内心联想,而把"一枝红杏出墙来"安放在最能引起读者注意的结句,使之格外光彩照人。此诗中的"我",也因为这种曲折跌宕的结构,而表现出希望、失望、不舍、惊喜的情绪变化。这又是贾、叶二诗的相似之处。

最后一点,就是贾、叶二诗都在抒写访友不遇中引发出读者某种哲理性的沉思和感悟。吴战垒先生评贾诗:"不仅写出隐者的品格,抒发了未见其人的怅惘之情和

叶绍翁塑像

敬慕之意，而且从中还可以引申出某种哲理性的意蕴：人们在探寻真理或追求理想的过程中，往往会感到某种困惑，即直觉地感到所探寻和追求的事物就在近处，却由于种种原因而不能发现或得到。"（《中国诗学》，人民出版社，1991，91页）见解独到。叶氏与真德秀有交谊，二人之学都宗朱熹，而朱熹是喜爱并擅长写哲理诗的。叶氏未必有在此诗中表达哲理的命意，但三四句先假设春色被关闭在园里，再说这园门无法关住，最后说被关的春色借助一枝红杏跑出墙来，从而构成了一种假想中的物理关系。这两句语意连贯，逻辑严密，形象又鲜明，从而启发了读者的联想、思考与感悟，赋予它以哲理意蕴：一切有生命力的美好的人、事、物，常受到种种限制，却又限制不了，终于要显露出它的头角，它的生机和美妙。还有人从一枝红杏出墙领悟到事物见微知著、小中显大、以少胜多之理。由于哲理蕴含在情景之中，故而饶有理趣，耐人寻味。著名诗人、学者林庚老师用诗意的语言评此诗："无限的新鲜中深蕴着饱满的春的旋律，使末二句变成为后人最喜引用的成语。"（林庚《中国文学简史》，北京大学出版社，1995，375页）评得精彩。

爱国丹心　光照史册
——文天祥《过零丁洋》

辛苦遭逢起一经，干戈寥落四周星。

山河破碎风抛絮，身世浮沉雨打萍。

惶恐滩头说惶恐，零丁洋里叹零丁。

人生自古谁无死？留取丹心照汗青！

　　这是宋末著名民族英雄文天祥光照千古的爱国诗歌名篇。文天祥（1236—1283），字履善，一字宋瑞，号文山，吉州庐陵（今江西吉安）人。宝祐四年（1256）进士第一。德祐元年（1275），元兵南侵，他组织义军入卫临安，不久被任为右丞相兼枢密使。德祐二年出使元营谈判被拘留，后于镇江脱逃，从海上转到温州拥立端宗，转战福建、广东一带。祥兴元年（1278）十二月兵败被俘，几次自杀未死。次年，他被押至大都（今北京），囚禁达四年，坚贞不屈,从容就义。他的诗歌明显分为前后两期,以德祐元年为界。前期大多为应酬之作,艺术上也显得平庸。后期那些记录艰苦抗战经历、抒发随时准备以身殉国之作,激昂慷慨,苍凉悲壮,放射出爱国主义的璀璨光芒,感人至深。

零丁洋在广东中山南边的海面,一作伶仃洋。祥兴二年(1279)正月,元军进攻南宋帝昺小朝廷的最后据点厓山,经过零丁洋,时任元军都元帅的汉奸张弘范逼迫被囚随军的文天祥招降抗元将领张世杰,文天祥严词拒绝,并写下了这首七律,以明志节。

此诗将叙事写景与抒情言志融为一体。首联,处于生死之际的诗人思绪万千,感慨无限,先从回首艰苦奋战的人生起笔。遭逢,遭际、遇合。起一经,指自己由科举入仕。古代科举时,每人都要考试自己专门研究的一种经书。宋理宗宝祐四年(1256),文天祥二十岁,中明经第一,后官至丞相,但赵宋王朝已濒于灭亡,他独撑危局,非常辛苦。干戈,盾和戟,是古代兵器,借指战争。寥落,寂寥冷落。四周星,由于地球运转,人所见的星位,一年一往复,一周星便是一周年。从德祐元年文天祥起兵勤王到祥兴元年兵败被俘,共历四年。寥落,一作"落落",其意相反,指作者频繁的战斗生涯。但"落落"一词有磊落、孤高、高超等多种含义，还有稀疏零落与众多频繁这两种完全相反的内涵，不利于读者正确理解诗意；而"寥落"含义明确，感情色彩强烈，切合作者当时的处境和心情，又是双声连绵词。尽管多种宋诗选本用"落落"，笔者仍以为"寥落"较好。这一联主要是叙事，抓住自己明经入仕和起兵抗元两个主要方面，叙得具体又概括，笔墨洗练。诗人在叙事中，融注了感激朝廷知遇之恩，满怀救国图报之志，也表现孤军转战的惨烈、局势难以挽回的痛苦，以及对王朝危在旦夕的忧虑。"辛苦遭逢"与"干戈寥落"四个连绵词上下相对，悲愤情绪与沉郁声调一齐迸发纸上。

诗人在首联回顾平生中，已将个人命运与国家命运紧密相连。颔联紧承首联，却反过来，先写国家，再写个人。上句说神州大地山河已被侵略者的铁蹄践踏得破碎不堪，只剩下八岁帝昺行朝在大海中的厓山，随时都可能覆灭。诗人用"风抛絮"即被狂风肆意抛打的柳絮，来比喻飘摇破碎的南宋江山。下句说自己的身世浮沉：明经入仕后触忤权奸，屡遭罢斥；官至右丞相后入元营谈判，被拘后设法脱逃，亡命江浙，九死一生；后又拥立端宗，孤军抗敌，转战闽粤，直到兵尽粮绝，做了囚徒。这就好像被暴雨打击的萍草，在水上浮沉不定。这两个喻象，强烈地抒发出诗人未能挽救国家危亡却身陷敌营的憾恨与悲愤。对仗工整，比喻奇警，意蕴丰富，字字血泪，读之使人感怆不已！"风抛絮"一作"风飘絮"，"抛"字更有力；"身世浮沉"一作"身世飘摇"。但"飘摇"与上句"抛絮"的意象相类，"飘"与"抛"二字读音亦相近，我意用"浮沉"与"破碎"上下相对更好。

颈联紧承颔联，推出两个特写镜头，突出表现自己面对艰难时局的惶恐与孤苦心情。惶恐滩，在今江西万安，急流险恶，为赣江十八滩之最。景炎二年（1277），文天祥在江西吉水的空阬兵败，经惶恐滩退往福建汀州。此句的惶恐，是指其当时对战局极度的忧惧不安，并非畏敌之意。零丁，孤独、孤苦。此句感叹自己不幸战败被俘，而今飘浮在浩渺的零丁洋上，深感孤苦零丁。在这一联中，"惶恐滩"与"零丁洋"两个地名本已对得极工巧，并包蕴着自己的危难经历，诗人又用"说"和"叹"两个动词，把与两个地名相同的表情词"惶恐"与"零丁"联系在一起，语意双关。上句叠用两个双声连绵词"惶恐"，下句重复两个叠韵连绵词"零丁"，前后相对，音节回环往复，诗的意象、情感、音节和谐契合，真是妙手夺天工的绝对！

前面赏析的苏轼《八月七日初入赣，过惶恐滩》，诗中有"山忆喜欢劳远梦，地名惶恐泣孤臣"一联，巧用地名对仗。文天祥学习、借鉴了苏轼的对仗手法，加以创新，可谓青出于蓝而胜于蓝。

诗的尾联，直抒胸臆。汗青，史册。古代记事用竹简，制竹简时，须先杀青，即用火烤去竹汗（水分），故称汗青。文天祥表明自己为了祖国义无反顾献出生命的决心，并坚信自己的一颗丹心将光照史册，千秋不灭。这两句诗，意象光华绚烂，大义凛然，饱含人生哲理与崇高气节，使全篇由悲而壮，由沉郁而激扬，令人读后热血沸腾。

文天祥以热血和生命写成的这首七律《过零丁洋》，和其五古长篇《正气歌》，感动和激励了后代无数志士仁人为祖国为民族英勇奋斗，成了整个中华民族共同的精神瑰宝。

跋

    收入这本小书中的38篇赏析宋诗的文章,是《文史知识》杂志的编辑主管刘淑丽女史约我撰写的。其中有30篇已发表在2012年至2013年的《文史知识》上。后来,她建议结集成书,交由中华书局出版,我又补写了8篇。

    我不会用电脑,仍然用笔书写,字迹时有潦草之处。淑丽女士一丝不苟地审阅、校改我的手稿。而她给我复函,却是字字清秀,令人赏心悦目,可见她的敬业精神与灵心蕙质。她让我写一篇序言,谈谈赏析诗歌的心得体会。我不愿"王婆卖瓜,自卖自夸",就建议请钱志熙先生写。志熙是北京大学中文系教授,古典诗歌研究专家,诗写得好,又是淑丽攻读博士研究生时的导师,由他来写序言最合适。他欣然允诺,撰写了序言,序中谈论了怎样欣赏古典诗歌,如何写好品评诗歌的文章,又精准地概括了宋诗的一些特色。他特别强调研究古典诗歌、古典文学，应当以文学为本位，以作家和作品的艺术研究为重点，注重审美感悟与艺术探讨，努力概括古代作家的创作经验，提炼出文学理论，发现和总结艺术规律，不能以社会学、文化学等别的学科的研究取代文学和文学史的研究。我认为志熙兄的见解很中肯，是纠偏守正之论，深得我心。至于序文中对拙作的过誉，我愧不敢当，为之汗颜，就看作是他对我的勉励与期望吧。

最后，我谨向中华书局、《文史知识》、钱志熙先生、刘淑丽女史，向广大读者，表示衷心的感谢。

陶文鹏

2014年9月于北京